Hans Mehlin

Die Hotzenwälder Himmelsleiter

Alemannisches Intermezzo

Eine Familiennovelle

Prolog

Die Kraft des Himmels
Kai Weynand 2019

Mein Kopf hat drei Ecken. Nicht Hölle, Erde und Himmel genannt, sondern Wahnsinn, Besonnenheit und Kraft.

Wahnsinn meint, daß jeder Gedanke, sei er noch so abstruß oder verrückt, zugelassen werden muß.

Besonnenheit meint die nüchterne Betrachtung der Gedanken, welche man für den Alltag tauglich achtet.

Kraft steht für das Durchhaltevermögen, für das Vermögen, die Gipfel in der Ferne zu suchen und sehen.

Das Hohelied der Liebe
Der erste Brief an die Korinther, Kap. 13

Wenn ich in der Sprache der Engel und der Menschen redete, und hätte der Liebe nicht, so wäre ich ein dröhnendes Herz, eine laute Pauke oder eine klingende Schelle. Die Liebe ist langmütig und freundlich, prahlt nie, die Liebe vergeht nie.

Der Abschied

Der eisgraue Benediktiner wurde im März 1951 an das Sterbebett meiner Urgroßtante Pauline in das steinalte, ländliche Hotzenhaus im Ort Großherrischwand gerufen. In den Hotzenwald hinauf, wo dieser Pater noch als Josef Motsch bekannt war. Als „de sell Kaplan", weil er dort als Seelsorger einige Jahre lang im Pfarramt gelebt hatte.

Meine Lörracher Uroma hatte ihn benachrichtigt. Denn Paulines Nachbarin hatte sie gebeten, zur todkranken Schwester zu reisen: „S' goh't nümmi lang mit d'Pauline" sagte sie, denn sie redete wirr „vo sellem Kaplan in de Himmelschiffschaukel un vom blühn'dige Klatschmohn".

Lähmende Schwäche hatte die Hotzenwälder Bäuerin Pauline auf das Krankenbett gestreckt. Dieser ehemals junge Kaplan, der vor Jahrzehnten im Kloster Beuron ein bekannter Benediktiner geworden war, wurde in einem Wagen zu ihrem Hotzenhaus gebracht. Der Methusalem, „de sell Kaplan", war wirklich angekommen. Er spendete meiner Urgroßtante Pauline die Sterbesakramente.

Zur Fahrt auf den Hotzenwald hatte meine Uroma Anna nicht nur ihre Trauerkleider, sondern auch ein Pfund Kaffee in ihre Reisetasche eingepackt. Mein Vater fuhr sie im Beiwagen seiner Harley-Davidson damals in den Hotzenwald, wo sie im Pfarrhaus erfahren hatte, daß ihre Schwester den Hof ihres Vaters aus Angst vor dem Fegefeuer vor zwei Wochen der Kirche übereignet hatte.

Der Notar, ihr Begräbnis und der Leichenschmaus waren in ihrer Übergabe des Gehöfts an den Pfarrer enthalten. Als meine Uroma in ihren Elternhof kam, erschrak sie beim Anblick der sterbenden Pauline. Man hatte sie in ihrer Kammer gebettet. Die marmorierende Haut, ein fast leerer Blick, die mageren Arme, ihr ausgezehrter Körper und röchelnder Atem wiesen auf ihr Ende hin. Die Nachbarfrauen benetzten ihre Lippen mit Wasser und beteten. Der Pater salbte ihre faltige Stirn, sprach letztmals mit ihr und las ihr leise bis zum Tod aus den christlichen Psalmen das „Hohelied von Salomon" vor. Dann entspannten sich ihre Mundwinkel. Ihr Gesicht lächelte sanft. Sie hauchte ihren letzten Atem aus und bekam ein fahles Gesicht. Pauline Keller war gestorben. Meine Uroma Anna murmelte „jetzt hesch's doch no g'schafft, Pauline"! Der Blick des Mönchs verharrte still noch mehrere Minuten auf Pauline. Dann nahm er auf dem alten Stuhl in Paulines Kammer regungslos Platz.

In der Hotzenstube nahm meine Uroma leise das Paket mit dem Schweizer Kaffee aus der Reisetasche und füllte die Kaffeemühle mit gerösteten Bohnen. Der gemahlene Kaffee duftete wie früher. Dann fragte sie ihn so wie vor vielen Jahrzehnten ihre Schwester Pauline „Herr Kaplan, trinke Sie in de Chuchi doch no e Tässli Cafi mit mir. Es isch kei Muckefuck, sondern e Schwiezer Bertschi-Cafi". Sie wußte genau, daß Pauline dem Kaplan früher gern mit „em'e Bohnencafi und em'e Sprutz Kölnisch Wasser" eine Wolke Parfüm gegen den ländlichen Geruch im Hof entgegenbrachte, als ob sie „Mademoiselle Keller" sei.

Der Kaplan kannte meine Uroma noch, denn er hatte sie
und ihre Geschwister auf die Kommunion vorbereitet.
Danach trank er auch gern „Bräntz" mit Paulines Vater.
Oder den Muckefuck mit Zichorie-Extrakt, wenn Pauline
ihr feines Duftwasser in seiner Nähe versprengen wollte.
Auf Annas Frage nach Paulines Angst vor dem Fegefeuer,
und wohin ihre Seele nun fliege, blieb der Pater stumm.
Der Benediktiner spürte das leise äolische Rauschen von
Paulines Seele. Auch Anna glaubte, den feinen Luftzug zu
vernehmen, was beinahe wie das sanfte Säuseln Gottes
beim Erscheinen des Elias-Wagens für die Aufnahme von
Paulines Seele auf den Flug in die Unendlichkeit erklang.

Im Keller-Hof wanderte der helle Sonnenstrahl wie ein
göttlicher Zeiger im Herrgottswinkel von Paulines Todes
Kammer auf das Kruzifix Jesu Christi und durchbohrte
die Lende und das blutende Herz. Mit den Strahlen war
nun der göttliche Frieden in den Keller-Hof eingekehrt.

Der erschöpfte, alte Pater nahm Abschied, stieg in den
Wagen zum Kloster und bereute bitter, daß er Pauline
auf seine benediktinische Demutstreppe gezerrt hatte.
Auf der Rückfahrt war er in Gedanken bei Paulines Seele.
Leise flüsterte er: „Und meine Seele spannte als flöge sie
nach Haus". Er hatte die blühenden Himmelsleitern im
Garten des Keller-Hofs und den blühenden Klatschmohn
immer noch vor Augen. Seine Zeit als junger Dorfkaplan
hatte ihn eingeholt. Er dachte sehr lange nach, was wohl
Pauline mit ihren letzten Worten von der Schiffschaukel
ausdrücken wollte. Doch es blieb weiter ihr Geheimnis,
das Pauline ihr Leben lang niemandem anvertraut hatte.

Der Keller-Hof im zweiten Weltkrieg

Aus dem Familienalbum meiner Urgroßmutter Anna.
Das Hof-Gebäude, das nach Paulines Tod einstürzte,
stand im Osten des Freilichtmuseums Klausenhof.

Pauline Keller im Hauseingang in Großherrischwand

Paulines Beerdigung

Es war eine große Beerdigung im kalten März 1951 in Herrischried. Mein Vater hatte meiner schwangeren Mutter auf dem Kirchplatz aus dem Beiwagen seiner Harley-Davidson geholfen. Sie trug mich schon bei der Beerdigung Paulines in ihrem Bäuchlein mit. Deswegen konnte ich vor meiner Geburt an „dr Liecht" dabei sein.

Bis zum Beginn der Trauermesse folgten die Gebete der Kirchengemeinde. Ganz gebetsmühlenartig. Wallend wie wabernde Wellen. In der Frauenbank wiederholte eine Vorbeterin diesen Gebetsreigen, bis die Messe begann. Der Geistliche begann mit den Worten des Propheten Elias *„Freut euch mit Jerusalem"* den Trauergottesdienst für die tote Pauline, die von den Leuten im Hotzenwald meistens nur „s' Richarde Pauline" genannt worden war.

Unterdessen entfleuchte ihre Seele auf dem Elias-Wagen und streifte die Seligpreisungen am früheren Kloster St. Blasien. Im Gleiten grüßte sie über der Wallfahrtskirche in Todtmoos zum letzten Mal das Gnadenbild Mariens.

Ohne Abtrift beim Konstanzer Generalvikar Wessenberg und den Protestanten schwebte sie über den Bodensee. Bald endete im Tiroler Innsbruck die süddeutsche Herz Jesu Frömmigkeit, und die Balkan Gefahren nahmen zu. Paulines Seele flog auf der südöstlichsten Rückreiseroute ins Heilige Land nach Jerusalem. Über biblische Orte wie Nazareth und Gethsemane zum Prophetenberg Karmel.

Die Cherubine und die Serafine jubelten mit dem Chor der Engel, als Paulines reine Seele in den Himmel kam. Das „Hohelied von Salomon", der Psalm auf die Frauen, den der alte Benediktinermönch, eben „dr sell Pater", am Sterbebett für seine Pauline gebetet hatte, schützte sie bis zur Himmelpforte, wo sie Petrus empfangen hat.

Die trauernde Verwandtschaft der verstorbenen Pauline aus Großherrischwand wußte zu der Zeit noch nicht, daß die Tante den Keller-Hof der Kirche übergeben hatte. Sie bezogen die große „Freude mit Jerusalem" auf den Tod Paulines, die sie in „de schlechte Zit" auf ihrem Hof mit den Kartoffeln, Kraut und Fleisch durchgefüttert hatte.

Auch die Trauergemeinde hatte den Psalm des Pfarrers auf den unbefleckten Lebenswandel Paulines bezogen. Sie zählte nicht nur zu den frommen Frauen, sondern auch zur Kongregation der Jungfrauen in Heimatdorf. Ihr untadeliger Lebenswandel war vom Gnadenbild Marias geprägt. Sie verehrte im Leben das „Heilige Herz Jesu".

Viele mochten diese schrullige Jungfer und ihr frommes Geschwätz. Denn „schwätze" wollte sie fast über alles. Sie hatte den Hof besser bewirtschaftet als ihre Ahnen. Nicht nur die Verwandten hatten ihr in Hungerzeiten viel zu verdanken: „E Stuck Brot, Speck, Rübe oder e paar Herdöpfel mit Surkrut" gab sie für ein „vergelt's Gott".

Aber die Hotzenwälder Pauline hatte in ihrem fleißigen Leben unter Beobachtung der „Dorf-Wieber" gestanden. Das Lied „Näher mein Gott zu Dir" war kaum verklungen, als man am Friedhof die Gerüchte und die Parolen über „s' Richarde Pauline und de sell Kaplan" erzählen hörte:

„Scho als Maidli het sie im Kaplan schöni Auge gmacht".

„Z' Basel het sie Französischi Hose und G'schtältli kauft".

„Huusere wär sie bim Pfarrer gern gsi, oder au no meh".

„E Fläsche Bier het sie ag'setzt un uf eimol us'g'hölt".

„Im Pfarrhuus het sie wägerli scho g'nug Freude g' ha".

Im Herrischrieder Gasthof an der Dorfstraße unterhalb der Kirche war der Leichenschmaus für die Trauernden angerichtet. In der Backstube bekamen die Gäste Kaffee.

Die „Herdöpfel, de Chabis un de Brotis" stammten noch vom Keller-Hof. Den Hefe-Kranz zum Kaffee lieferte die kleine Backstube, wo Pauline nach der Sonntagsmesse manchmal ihren „Milch-Cafi mit Mogge" getrunken hat. Wo sie mit „selle Wieber lang umme g' schnäderet het", die sie mit neidvollem Blick zugleich eine Heilige und die Hexe genannt hatten. Der Dorfklatsch trieb neue Blüten.

Die Rätsch-Wieber standen nach der Beerdigung in der Backstube herum. Mit den Liebesgeschichten strickten sie an der Pauline-Legende über die Himmelsleiter der Hotzenwälderin: „Die alti Gumsle, schwauderten sie".

Der Klatschmohn

Der wilde, rote Mohn, der Klatschmohn bezeichnet die Liebe.

Die kreuzförmige schwarze Mitte zeigt die Leiden der Liebe.

Ein persisches Sprichwort lautet:

Solange es Klatschmohn gibt, solange müssen wir leben.

Der Autor

Nach dem humanistisch-altsprachlichen Gymnasium in Lörrach und dem Grundwehrdienst bei der Feld-Artillerie studierte Hans Mehlin Forstwirtschaftswissenschaften in Freiburg und in Wien. Die Stadt Basel ist dem Autor seit seiner Jugend gut bekannt, da die Schweizer Grenzstadt der kulturelle Raum seiner Heimat in Weil am Rhein und Lörrach ist. Im Forstberuf am Hochrhein der Landkreise Lörrach und Waldshut konnte er den Hotzenwald und die Hotzenwälder Geschichte ausgiebig kennenlernen.

Mehlin wurde Forstbeamter bei der Landesverwaltung. Ab 1986 als Referent der Forstdirektion Freiburg. Zuvor arbeitete er bei Forstdienststellen in Kandern, Breisach, und Waldshut. Ab dem Jahr 1983 als Mitarbeiter an der Uni und der Forstlichen Forschungsanstalt in Freiburg. Als wissenschaftlicher Assistent promovierte er an der Freiburger Forst - Ökonomie und war vom Jahr 1986 bis 2002 Lehrbeauftragter an der Forst-Fakultät in Freiburg. Über 26 Jahre leitete er das Staatliche Forstamt in Bad Säckingen in der Villa Hüssy. Der Säckinger Forstdirektor war im Ehrenamt Naturschutzbeauftragter im Landkreis Waldshut und schwerpunktmäßig im Hotzenwald tätig.

Den familiären alemannischen Dialekt konnte der Autor im Deutsch-Schweizer Grenzgebiet am Hochrhein und im Hotzenwald pflegen. In der Novelle verwendet er die alemannische Dialektsprache seiner Ahnen und erläutert sie im angeschlossenen Glossar. Im Jahr 2002 zog Hans Mehlin von Säckingen nach Herrischried im Hotzenwald.

Mit der Familienerzählung setzte er seiner Urgroßtante Pauline, einer starken Hotzenwälder Bäuerin, und deren Schwester Steffane, die nach Philadelphia auswanderte, ein uriges, autofiktionales, zeitgeschichtliches Denk-Mal.

Mehlin erzählt von „Paulines Himmelsleiter und ihrer Demutstreppe. Von Steffanes Himmelsglück und von deren Verzweiflung". Mit mundartlichen Einschüben in der Standardsprache entsteht ein echtes Sprachgefühl in alemannischer Ausdrucksweise von Mehlins Vorfahren. Die Handlungsorte halten sich an überlieferte familiäre Schauplätze. Paulines Keller-Hof in Großherrischwand stand nahe beim heutigen Museum Klausenhof. Ebenso nahe bei der Wendelinkapelle. Die Akteure der Novelle sind in der Familie noch immer ein Hort der Anekdoten über die Beziehung zwischen Pauline und ihrem Kaplan.

Die Himmelsleiter stand ihr näher als die Demutstreppe. Pauline suchte die Himmelsleiter. Eine Treppe zwischen Erde und Himmel. Das Aufsteigen und Absteigen wie in Jakobs Traum. Eine Leiter stand auf der Erde. Ihre Spitze berührte den Himmel. Die Engel stiegen auf und nieder. Pauline übersetzte Jakobs Traum auf ihr eigenes Leben. Auf den Bauernhof im Hotzenwald. Und im täglichen Gebet. Bete und arbeite. Das Tagwerk war Pauline heilig.

Steffane suchte ihr rasendes Glück in der Auswanderung nach Amerika. Sie fand den Himmel bei ihrem Seemann. Dessen Himmelsleiter war der Flaggenmast auf einem riesigen Ozeandampfer bei der atlantischen Linienfahrt zwischen New York und Liverpool. Bis in den Untergang.

Das Leitmotiv Himmelsleiter und Demutstreppe

Der Mönch Johannes Klimakos erhielt den „Beinamen" Johannes von der Leiter. Er war ein spiritueller Heiliger, ein Eremit, der in der altgriechischen Sprache zahlreiche Schriften zur Askese verfasst hat. Er zeigte den Mönchen in der byzantinischen Zeit um 600 n. Chr. den Weg zur Vollkommenheit auf. Nach dem Hauptwerk, die Treppe zum Paradies, die Himmelsleiter, erhielt der Mönch den Beinamen Johannes von der Leiter. Johannes Klimakos war auch Abt des Katharinenklosters in der Wüste Sinai.

Das Bild der Himmelsleiter, die Kunstschätzte und die alten Bücher im Katharinenkloster auf dem Sinai haben Mehlin bewogen, das Motiv für die Erzählung zu wählen.

Die Demutstreppe oder enger gefasst die Demutstreppe des Ordensgründers Benedikt von Nursia um 500 n. Chr. stammt aus dem siebten Kapitel der Regula Benedicti, die als frühe Abschrift, als *„Reichenauer Normalschrift"*, heute in der Stiftsbibliothek St. Gallen aufbewahrt wird.

Das Regelwerk des Benedict von Nursia handelt von der Demut. Benedict setzte die Demutsübungen als eine zwölfstufige Treppe an, die den Hochmut der Seele durch die innere Unterwerfung bis zur Entselbstung des Menschen beugen und brechen will. Er wird ein Wurm.

Das Leitmotiv der Himmelsleiter und der Demutstreppe inspiriert die folgende Novelle von Pauline und Steffane.

Hans Mehlin

Die Hotzenwälder Himmelsleiter

Alemannisches Intermezzo

Inhaltsverzeichnis

Prolog

Die Novelle

Epilog

„Alemannische" Sprache. Begriffe   „lueg ins Glossar".
„Direkte Rede" und Bibelzitate in „Anführungszeichen".

Fotografien: Hans Mehlin

Die Novelle

Lichtmess und Matthäi am Letzte

Der Lichtmeßtag im Februar 1890 fiel auf einen Sonntag. Das leichte Schneetreiben wechselte laufend mit Regen, Wolken und blauem Himmel. Der frostige Nordostwind, der „Oberwind", wie er oft „uf'm Wald" genannt wurde, pfiff klirrend kalt durchs hohe Tenn im strohgedeckten Hotzenhaus von Richard Keller. Er hatte Buchenscheite in der „Chauscht", nachgelegt. Der wohlig warme Ofen wärmte „sieni fünf Wieber". Mutter Anne-Maria und seine vier "Maidli" saßen am Stubentisch und warteten auf den verspäteten Vater. Sie sprachen das Tischgebet.

Er hatte schlechte Laune und fluchte laut: „Gopferdori! I cha's e'ne doch nit am Sunndig scho sage. Es bricht mer fascht's Herz, aber's goht nümmi so. D' Anna muß an Oschtere uf d' Mettle. S' Esse längt uns nümmi wieter". Richard hatte nach der Herrischrieder Messe auch den Dorfmetzger besucht. Denn er wußte, daß dieser in den nächsten Tagen zum Mettlenhof hinüberfahre. „Zum zwei Rindli metzge". Als er mit dem Metzger „no g'nug g'schnört gha' het", gab er ihm einen wichtigen Auftrag mit: „sag im Mettler Buur, daß i am Oschtertermentig s' Maidli übere bringe will". Damit meinte er die Tochter. Er selbst hatte nach der Messe in Herrischried bereits drei „Bräntz" getrunken. Die Wirkung ließ nach. Er war nun müde und legte sich angekleidet auf die Ofenbank. Dabei beobachtete er das Mittagessen seiner Familie.

Die Mädchen kratzten mit dem geschnitzen Holzlöffel die „Brägel vo de letschte Herdöpfel" aus der Schüssel. Wer will „e Ranke Brot zum Dunke" fragte die schwache Mutter ihre hungrigen Kinder. „Es git hüt z' Obe nüt me z'esse. Höchstens no de Sege vom Hl. Blasius" fügte sie leise hinzu. Dann hängte sie ihren „suuber abg'schleckte Holzlöffel" an das Regalbrett und rieb die Holzschüssel mit „e'me Butzlumpe us". Sie dachte an die Bibelworte zur Lichtmeß und begann zu beten. *„Sei bei uns, damit wir uns für das Licht entscheiden"*. Dann bekreuzigte sie sich mit dem hoffnungsvollen Blick auf das bunt bemalte Kruzifix, das im Herrgottswinkel in der Stube hing. Sie hoffte inständig auf Gottes Hilfe: „So goht's nit wieter".

Unterdessen dämmerte Vater Richard auf der warmen Ofenbank in alten Wunschträumen, um seine irdischen Mängel loszuwerden. Er träumte vom Auswandern des halben Dorfes im Jahr 1851. Auch von den Geschwistern. Der Badische Großherzog hatte die Auswanderung nach Amerika gut unterstützt. Richard mußte als ältester Sohn den kleinen Keller-Hof übernehmen und „d'Anne-Maria hürote". Denn weitere uneheliche Kinder dürfe es im Hotzenwald nicht mehr geben, predigte der alte Pfarrer. „Au am Bräntz suffe" ließ der Herr Pfarrer nichts Gutes. Richard konnte jetzt eine Stunde in den süßen Träumen schlummern, bevor der Lehrer zum Besuch erschien. Er gluckste mit einem tiefen Seelenseufzer und drehte sich auf der warmen Ofenbank um. Dann grunzte er in seiner „Sunndigs-Montur" im vollen Dusel „jetzt will i e Bräntz".

In seinem Albtraum verfolgte ihn die große Not im Dorf, als er ein Jüngling war. Pfarrer Kindler hatte tausende Wassersuppen an die hungernden Familien verteilt, da es weder Kartoffeln noch Kraut und Rüben gegeben hat. Die badisch-großherzogliche Regierung wollte nach dem „verheite Ufstand vo 1848" keine Unruhen mehr haben. Schon gar nicht auf dem Hotzenwald, nachdem diese aufmüpfigen „Salpeterer" endlich Ruhe gegeben hatten. Anfang Monat Mai des Jahres 1851 setzte sich die erste Welle der Auswanderung von Herrischried in Bewegung. Badens Großherzog schenkte ihnen Kleider und Schuhe. Er bezahlte auch die dritte Klasse ihrer Schiffspassage. Im Pferdewagen fuhren die Familien nach Haltingen, um dort mit dem Zug nach Mannheim zu kommen. Dann mit dem Rheinschiff nach Bremen. Mit dem Segelschiff über den Antlantik bis New York. Auch Richards Geschwister.

Drei Monate später hatte Richards Schwester Frosine von Philadelphia heim geschrieben, daß sie im Kleider-„Store" gute Arbeit gefunden habe. Richards Bruder war bis nach Pensylvanien gekommen. Dort hat er von den Amerikanern Weideland geschenkt bekommen. Er war jetzt ein freier Farmer. Mit besseren Böden und einer größeren Rinderherde und einem trockenen Hausdach. Richard fragte sich oft, warum er noch im Hotzenwald geblieben war. Er hätte in Amerika ein besseres Leben gehabt, als auf dem eigenen Keller-Hof. Ohne Hunger. Ohne Armut. Seine Söhne wären nicht im letzten Feldzug gefallen. „Hätt'i numme no mini Buebe" faselte er leise. Nun hatte er den Dusel ausgeschlafen. Darauf wendete er die Aufmerksamkeit wieder seinen „fünf Wieber" zu.

Die Mutter zeigte den Töchtern am Spinnrad, wie sie Schafwolle zu einem festen Wollfaden spinnen konnten. Die Tochter Marie hatte ein gutes Fingerspitzengefühl beim Spinnen. Doch sie hustete und rang oft nach Luft. Die sinnliche Tochter Steffane las gern in den Briefen ihrer Tante Frosine aus Amerika. Sie wollte ihrer freien Tante bald nach Amerika folgen. Sobald sie dies konnte! Die junge Pauline suchte lieber nach den gelegten Eiern bei den Hühnern oder brachte den Hausschweinen die spärlichen Küchenreste. Was sie auf dem Hof schaffen konnte, machte dem Mädchen Freude. Pauline erfreute das Vaterherz. „Nit numme bete, sondern au schaffe", sagte Vater Richard oft zu seiner Frau und richtete einen vorwurfsvollen Blick auf seine Anne-Maria, die jede freie Minute zum Gebet in der Wendelinkapelle verbrachte.

So hatte jede Tochter eine bestimmte Vorliebe. Anna wartete gern auf den angekündigten Besuch des Lehrers. Pauline fieberte dem Besuch des Kaplans entgegen, der heute in der Wendelin-Kapelle die Andacht zur Lichtmeß halten sollte. Sie übte ihre Fürbitten schon am Mittag. *„Ich brenne wie eine kleine Kerze. Ich verzehre mich o Herr nach Dir, indem ich als Licht für dich leuchten darf".* Dem Richard „war's no e weng drümmelig vom Bräntz oder vo dene amerikanische Pflänz". Da kam der Lehrer in das alte Haus herein. Als Nachbarjunge war er mit ihm aufgewachsen. Fast wäre der Lehrer mit der Schwester Frosine nach Amerika gegangen. Aber Pfarrer Kindler hatte den Burschen für die Meersburger Lateinschule vorgeschlagen. Er durfte auf das Lehrerseminar, um in der Herrischwander Volksschule die Hotzenkinder zu unterrichten. Dafür war er dem Pfarrer immer dankbar. Auf dem Lehrerseminar hatte er die Freiheitsgedanken von Schiller und von den Autoren der Vormärz-Dichter gelesen. Auch die Bismarck'schen Sozialgesetzgebung hat ihn immer stark beeinflusst. Seit er die Bücher der Aufklärung von Kant und Hegel studiert hatte, war er nicht mehr zu halten: Er brannte, seinen Schülern das Lesen, Schreiben und Rechnen zu lehren. Bei Richards Tochter Anna erzielte er bisher seine besten Ergebnisse. Deswegen schwärmte er nicht mehr vom Auswandern, sondern von der Volksschulreform 1868 im Badischen Großherzogtum. Die Freiheit als Volksschullehrer lasse er sich nicht vom Kaplan in seiner Dorfschule verbieten.

Wenn er Richard mit seinen Hiobsgedanken über Armut, Hunger und zu viele hungrige Mäuler vernahm, spornte es ihn noch stärker an, die Mädchen in seiner Schule zu unterrichten. „Au d' Maidli mün' in de Schul öbbis lehre„ sagte er immer. Im Grunde seines Herzens bedauerte er, daß Richards Frau Anne-Maria eine alte „Betschwester" geworden war. Wenn sie „ihre Fegge g'lüpft hätt wie's Frosinli", wäre aus seinem Freund Richard „kei so arme Schlucker g'worde". Sie verbrachte ziemlich Zeit in der Wendelin-Kapelle. Ihr Gesicht wurde oft bleich wie ein Leintuch. Dann begann Anne-Maria zu husten und zu spucken. Im Sommer lag sie manchmal in der Kammer. Zur Winterzeit „isch sie eng an ihre Maa ane g'schlupft, wenn de Buur si Bräntz-Dusel wieder usg'schlofe het". Der Lehrer hörte am Lichtmeß Nachmittag die Frage des Freundes. „Was bedütet de Spruch Lichtmeß, am Tag z'

Nachteß", wenn der Teller wegen Nahrungsmangel leer bleiben muß? „Des frog i mi au selber immer wieder". Der Schulmeister war an Lichtmeß nicht auf den Keller-Hof gekommen, um mit den Kindern Mühle zu spielen. Er hatte wieder eine Kanne mit dem süffigen Bier dabei. Am Feiertag mußte er nicht fürchten, daß der Kaplan als Zecher mittrinke, da er später die Andacht halten sollte.

Alle wußten, daß bei Richard Keller im Februar nach der knappen Ernte des Vorjahres „Matthäi am Letzten" war. Deswegen hatte der Lehrer „e G'schirrli mit Herdöpfel" dabei, um diesen Hungerleidern „no e Mümpfeli z'Obe" zu bringen. „S' Richarde" hatten zu wenig Vorräte, um sich über den Winter ausreichend versorgen zu können.

Es hingen kaum noch Würste oder Speck im Rauchfang. Das Getreide war fast verbraucht. Zwei Säcke Saatgut mußten er noch für „s'saije im Frühlig" aufbewahren. Seinen Ochsen konnte Richard nicht schlachten, sonst hätte er eins der Zugtiere verloren. Auch die Kuh konnte er nicht metzgen. Und das junge Kalb sollte „au no nit g' metzget" werde, denn es war die vorgesehene Nahrung für das nächste Jahr. Zudem hätten ihm die vier Töchter nicht mehr vertrauen können, wenn er „scho nach de Lichtmeß s' Mummeli un s' Säuli" geschlachtet hätte. Er hätte sonst seinen Viehbestand ganz vernichten müssen.

Es konnten nur noch Gebete zum heiligen Wendelin und zum heilige Blasius helfen. Die „Wieber" bereitetet sich auf die Lichtmeß Andacht in der Wendelinus-Kapelle vor.

Der Lehrer liest die Leviten

Richard und der Lehrer blieben in der Stube sitzen. Beide hatten einen Krug Bier vor sich stehen und rauchten. Der Schulmeister zündete einen Burger-Stumpen an. Richard stopfte seine abgegriffene Alabasterpfeife mit „Tubak".

Der Lehrer machte keine Mördergrube aus seinem Herz. Mit diesem neuen Kaplan war er nicht zufrieden. Er gab ihm einen Spitznamen: „Selle Dotsch", verhöhnte er ihn, obwohl der junge Pfarrer den Namen Josef Motsch trug. Dann zog er genüßlich an seinem Burger-Stumpen und stieß die hellen Rauchkringel an die rauchbraune Decke. „Los! Ich mueß dir „öbbis verzelle, brummte er dorzlig", und trank einen großen Schluck Bier aus seinem Krug.

Er war nicht einverstanden mit den Glaubenssätzen des Kaplans. Das entspräche nicht dem Schulaufsichtsgesetz aus dem Jahr 1872, daß sich ein Dorfkaplan über seinen Schulunterricht wegsetze. Der Lehrer hielt die Aussagen des Kaplans für mißbräuchlich, die der „Kanzelparagraf" nicht mehr gestatte. Denn in der Kulturkampfzeit hatte Bismarck dieses Gesetz eingeführt. „Des goht nit, daß de Kaplan vo de Kanzel abe predigt un's Gegeteil verzellt, was d' Lehrer de Chinder beibringe muen. Das isch scho Kanzelmißbruuch, wem' me s'G'setz g'nau nimmt, was „de sell Kaplan" in unsere Schul-A'glegeheite verzapft". Und er bekräftigte seine Sätze mit einem Gopferdeckel. Eigentlich müßte Pfarrer Kaiser den Kaplan sehr eng an die Kandare nehmen. „Das goht so nit wieter" machte der Lehrer seinem Verdruß Luft. Im Lehrerseminar im

Meersburg hatte er drei Jahre das Schulwesen studiert. Zuerst ein Jahr in der Präparandenschule. Danach zwei Jahre Studium, bis er eine eigene Klasse haben durfte.

Dann umhüllte er sich wieder mit blauem Tabaksdunst und trank seinen Krug Bier, um ihn erneut mit kühlem Gerstensaft zu füllen. Den Bierschaum im Schnauz rieb er an die Manschetten, die er nur an Feiertagen trug. Der Lehrer hatte die Überzeugung gewonnen, daß der Kaplan ein ultramontaner Katholik sei, der kirchliche Traditionen von den liberalen Strömungen und von der Volkswirtschaft standhaft ablehnen wolle. Das war ein Frontalangriff gegen die Aufklärung in der Volksschule. Der Lehrer war nicht nur „südbadisch liberal" überzeugt. Er fühlte sich nun auch der Sozialdemokratie verbunden. Heimlich besuchte er Versammlungen in Wehr und in Schopfheim, vor denen die Geheimpolizei stets warnte.

Richard bestätigte den Vorwurf. Der neue Kaplan sei zu dogmatisch. Nicht frei wie Pfarrer Kaiser, der den armen Leuten in Notlagen immer geholfen habe. Dann nannte der Lehrer weitere Vorhaltungen: Kaplan Motsch sei ein Antimodernist vom „gloria Dei und vom benedicere". Zudem benutze er noch das alte Schulbuch von Martin Gerbert, das der Fürstabt als junger Bibliothekar in St. Blasien schon um das Jahr 1750 aufgeschrieben hatte. Dem „Dotsch" sei gleichgültig, ob Hotzenwälder Familien in Armut und in Not auf besseres Leben warten müssen. Warum lasse Pfarrer Kaiser zu, daß dieser „Motschkopf" die Unterwerfung der Gläubigen einfordere? „Dem sott me d' Levite verlese, wenn er vo de Kanzle abe predigt".

Besonders übel empfände der Lehrer, daß der Kaplan den Mädchen Angst mache. Angst vor dem Fegefeuer. Angst vor seelischer Strafe, die er ihnen im Beichtstuhl durch inquisitorische Fragen einzupflanzen versuche. Er wolle gar nicht wissen, was der Kaplan bei der Lichtmeß-Andacht in der Wendelinus-Kapelle „verzelle" werde. Mit „siene bunte Helge-Bildli" und verzierten Reliquien werde er den „Wiebern" bei der Andacht wieder neue Angst vor der Finsternis und vor dem *Seibeiuns* einjagen.

„Wenn hesch du z' letscht die Öpfelbaum am Giebel vo die'm Huus a'g'luegt" fragte der Lehrer seinen Freund und erzählte von Scheffels Epistel über den Hotzenwald. Richard dachte einen Augenblick nach. Er wußte genau, daß der Spalierbaum an der Giebelseite des Hauses die Freiheit der Hotzenwälder Salpeterer symbolisiert hatte. „D' Vädder hen gege's Chloster kämpft. Selli Mönch hen unser Recht vom Hauesteiner Landgraf Hans g' stohle". Den Mönchen sei es immer um die Macht über unseren Hotzenwald gegangen. Ob „d'Intrigantenpater Herrgott Marquard", wo uns in Wien mengisch in d' Schießdreck g'ritte het", oder der Fürstabt Martin Gerbert selbst, war dem Lehrer gleich. Die Blüten des Apfelbaums habe den St. Blasianischen „Chlosterfrost no nie ushalte" können. Dann suchte der Lehrer eine Antwort auf Fragen, die ihn als Aufklärer, Lehrer und Humanisten oft beschäftigten:

„Worum mueß e Mensch dem ultramontane Papismus folge, wenn er nüt meh zum Esse het. Wenn's kei troche Dach me über' m Kopf git. Wenn's niene meh ane längt. Wenns' Verrecke nöcher schtoht als de Sege schnuufe"?

Der Heimweg vom Mettlenhof

Wie an Lichtmeß angekündigt, begleitete Richard seine Tochter Anna am Ostermontag „uf'd'Mettle" über dem Wehratal. Als Magd sollte sich die fünfzehnjährige ihr Leben auf der Mettlen selbst verdienen. Damit hatte er eine von vier Töchtern, eines seiner „Müüler", versorgt. Er hoffte, daß Anna bald heiraten werde. Dann könnte er seine zweitälteste Tochter Steffane an Stelle von Anna auf dem Mettlenhof nachschieben, wie er geplant hatte. Wiederum staunte Richard über die Größe der Mettlen, und wie gut der Hof geführt wurde. Den Mettler Bauer kannte er schon seit seiner Jugend, als der Hotzenwälder Bursche „mit de Sägese" die fruchtbaren Wiesen auf der Mettlen als Knecht gemäht hatte. Schon als kleiner Bub zog Richard mit dem jungen Karl Mettler gemeinsam zur Wallfahrtskirche Todtmoos zum Gnadenbild von Maria.

Nun war Richard mit Franz Mettler auf dem Heimweg. Er begleitete ihn eine halbe Stunde, da er einen geeigneten Platz für den abendlichen Schnepfenstrich gesucht hatte. Richard hatte noch nie eine Schnepfe, einen Hasen, eine Ente oder ein Reh geschossen. Seine Flinte hing seit dem Krieg 1870 an der Wand. Das Jagen lag ihm nicht im Blut.

Genau genommen wollte der Franz Mettler von Richard mehr über Anna erfahren, denn das junge Mädchen gefiel dem Erben ganz gut. „D' Anna isch flissig und sie denkt bi allem gut mit, un war d' Bescht in d' Schul, het de Lehrer g'sait", antwortete der Vater und lächelte. Weil sie so gerne Bücher lese und sich alle Gedichte merken könne, sei sie für ihr Alter schon sehr besonnen. Sie werde gewiß eine gute Magd auf dem Hof werden.

Da lachte der junge Mettler laut heraus: „Bie uns findet me alles uf'm Hof; aber keine Bücher. Mir hen Viecher, mache Anke un Buurechäs. Bisch verruckt, Wälderkopf! Mir bruche d' Lüt zum Schaffe nit zum d'Bücher lese". Das störte Richard nicht, denn seine Anna kapierte gut. Trotzdem stimmte er dem „G'schnör" des Hoferben zu. Richard hatte an diesem Tag erneut gesehen, wie groß der Mettlenhof ist. Die gute Lage, die guten Böden und keine Geschwister, die im Erbe zu berücksichtigen seien; die viel Land beanspruchten und das Hoferbe aufteilen. Die Mettlerin war schon eine begüterte „Büüri", als sie damals eingeheiratet hatte. Diese Bäuerin hielt das Erbe zusammen und gierte, wie sie es weiter mehren könnte. „De Deufel schißt immer uf de gliech Hufe" sagte man.

Dann fragte der junge Franz bei Richard nach, ob er ihm Näheres zu seinem gefallenen Bruder erzählen könne. Wie die beiden Söhne Richards war sein älterer Bruder Jobi im Siebziger Krieg gefallen. Richard gab eine kurze Antwort, daß niemand so genau wisse, ob sie nach der Mobilmachung im Badischen Grenadier-Regiment 110 schon nahe Straßburg oder bei Dijon umgekommen sind. Das schmerze ihn genauso sehr wie dessen reiche Eltern. Für ihn seien die fehlenden Burschen der Grund, daß er seinen Hof ohne Söhne „nur mit sine fünf „Wieber" nicht besser bewirtschaftet habe. Das werde sich aber in den nächsten Jahren ändern, sagte er mit Stolz. Seine jüngste Tochter Pauline eigne sich gut „für's Buure, Gopferdori!

Fast wie ein kräftiger Bursche. Er wolle jetzt alles „dra setze, daß sie nit nur in de Chuchi schafft", sondern mit dem Vater auf die Äcker, Wiesen und in den Wald ziehe. Er habe nur Sorge, daß ihr der Kaplan das Beten in der Kirche wichtiger vorschreiben wolle „als umme chnorze, uf'm Feld un im Holz". Er wolle sich jetzt richtig darum kümmern, daß Pauline das „Buure vo Grund uf kapiert".

Richard verabschiedete sich am Pirschpfad vom jungen Mettler. Auf dem Hausiergestell hatte er Roggenstroh aufgebunden, das ihm der Mettler geschenkt hatte. Mit dem sauber gedroschenen, langen Stroh könnte er die Fehlstellen auf seinem Hof-Dach besser eindecken, als mit dem eigenen Stroh, das er vermehrt im Stall und im Haus brauche. Die Mettlerin hatte ihm noch zwei Ballen Butter und Käse gegeben, damit er zuhause „schpienzle" könne, was „mir uf de Mettle in unse Chäserei schaffe". Der Mettler hatte ihm auch noch Kautabak von Grimm & Triepel auf den Weg gegeben, „daß de au no öbbis uf de Heimweg im Muul hesch". Den Schick zerkaute er mit Behagen und stieß alle paar Minuten „e Schprutz us'm Muul". So stapfte er gut gelaunt zur Wehra hinunter, überquerte den Wildbach an der Straßenbrücke und stieg den Sägebach wieder hinauf. Er nahm die beiden Haselstöcke vom morgendlichen Abstieg in die Hände, um im schmierigen, weichen Ufer sicher zu gehen. Dann stieg er mit seinem Rückengestell leichtfüßig bis zum Herrischrieder Ödland hinauf. Mit zufriedenem Blick auf die Ödland-Kapelle trugen ihn seine Filzstiefel durch die Schneereste heim. Die älteste Tochter war gut versorgt.

Bodeschtändigi Buure

Richard ging zusammen mit Pauline zu den entfernter liegenden Waldflächen. Er trug „di groß Zaine mit'em ganze Krempel" auf seiner Schulter. Die Äxte, Gertel, Kehrhoge, Sappie, Sichle und die kleine Hobelzahnsäge. Er zeigte seiner Pauline, daß „me im Frühlig weg'em Chäfer" alle Waldparzellen auf mögliche Winterschäden genau „a'luege" müsse. Um die „umkrachte Bäum, die dürre Äscht" und die „krumme ab'z'haue". Grüne Äste und Reisig banden sie zu „Wellen" für den Kachelofen.

Pauline war mit ganzem Herz dabei, wenn ihr der Vater das Wachstum erklärte. Sie wollte in Gottes Schöpfung arbeiten und half ihm dabei. Die Vögel zwitscherten im Wald, als ob sie die Paradiesfrüchte anpreisen wollten. „Sammle s'Uf'lesholz in Chratte", forderte Richard das Mädchen auf. „Dört het's Äscht. Die muesch mit em'e Gertel abhaue. Do het's Bäum umghaue". Pauline band die Äste zusammen und füllte die Zaine. „Lueg mol wie die junge Eichli wachse und wie d'Tannezwiegli glänze", lenkte er Paulines Aufmerksamkeit auf die Jung-Tannen. „Des isch de Nochwuchs für unseri Enkel und Urenkel".

Auf dem Heimweg begann Pauline den Vater zu fragen: „Was het's uf sich mit d'Ultramontane und worum dürfe nur die alte Pfarrer hürote"? Richard war verdutzt. Was hatte das „Maidli" vom Lehrer aufgeschnappt? Warum stellte sie diese kuriosen Fragen? Mit Bedacht erklärte der Vater der Tochter, daß Papst Pius IX. im Juli 1870 beim 1. Vatikanischen Konzil in Rom die Unfehlbarkeit seiner Glaubensentscheidungen erhalten habe. Mit den Ultramontanen, „selli über de Alpe", meine man Rom. „Nit alti katholischi Pfarrer, sondern die Altkatholischen Pfarrer", habe der Lehrer gemeint, als er ausführte, daß auch Pfarrer anderen Glaubens Frauen heiraten können. Das gehe auf den Freiherrn von Wessenberg in Konstanz zurück, einen Bistum Verweser und bekannten Politiker. Zudem ein Freund des evangelischen Prälaten J.P. Hebel.

Paulines Gesicht bekam ein bedenkliches Mienenspiel. Denn die Vermutung, daß sie einen Pfarrer wie diesen Kaplan heiraten könne, entschwand wie Weihrauchduft, den sie so sehr an ihrem Kaplan liebte. Als die beiden am Haus ankamen, schüttete sie ihren „Chratte mit Holz" wütend aus und ging sofort in die Wendelinus-Kapelle. Die Kapelle wurde im Jahr 1717 von der Bevölkerung dem heiligen Wendelin gestiftet, dem Schutzpatron für das Vieh und die Hirten. Zu Beginn des 18. Jahrhunderts hatte die Rinderpest den Bauern das Vieh geraubt. Der Kapellenbau für Wendelinus erlöste sie von der Seuche.

Als der Frost aus dem Boden gewichen war, spannte „de Buur" seinen Ochsen vor den Pflug. Pauline war mit Begeisterung beim Pflügen dabei. Der lange Schlag auf dem Bühl war für den Roggenanbau besonders geeignet. Nach den ersten Bahnen mit dem Ochsen zeigte Richard seiner Tochter, wie man den Pflug führt: „Du muesch de Druck vom Pflug mit beide Ärm an dene Griff us'glieche. Nie z' hoch un nie z'tief. Lueg b'sunders gut uf d' Felse". Pauline war sehr geschickt. Ganz genau kommandierte sie die Ochsen, als hätte sie nie andere Arbeit geleistet.

Auf dem Heimweg begann sie wieder zu fragen: „Wie wird me biem Pfarrer Huusere? Mueß me ußer choche un wäsche au sie Wohnig suufer halte"? Dem Richard wurde die Fragerei nach den Pfarrhaushalten zu lästig. „Frog' n doch im Biechtstuhl, ob' em ins Nescht liege muesch", ächzte der Vater „verzürnt. Blieb lieber biem Pflüge und bie diene Ochse! S' isch ei'facher im Lebe". Damit war für ihn nicht nur sein kurzer Disput mit der Tochter beendet, sondern auch seine väterliche Ruhe. Und er mopste sich: „Dem Maidli isch nümmi z' helfe". Dann verbot er ihr auch noch in die Kapelle zu rennen. Es genüge ihm, daß die Anne-Maria „bi jedem Seich" zum Wendelin laufe. Denn eine einzige Betschwester reiche ihm für die „Bräntz-Duselei" aus. „Suscht chasch glie ins Chloschter, wenn de numme no bete mag'sch".

Anfang Mai schlachtete der „Säutod" auf dem Keller-Hof gewöhnlich ein Hausschwein. Der Hausmetzger setzte dem Schlachtschwein den Bolzen auf den Kopf und löste den Schuß aus. Dann brauchte er brühendes Wasser aus dem „Schiff im Herd". Pauline half gern beim Schlachten. Sie bekam vom Vater neue Aufgaben, um dem Metzger zu helfen. Für die Blutwurst wurde das Blut umgerührt. Die Schweinedärme wurden sauber gespült, denn der Hausmetzger verarbeitete das Schwein mit Haut und Haaren. Die Würste mußten im Kessel gekocht werden. Dann gab es tagelang Metzelsuppe aus dem Brühkessel. In der folgenden Woche wurde frisches „Kesseli-Fleisch" verzehrt. Ausgelassenes Schmalz benötige man für jeden „Brotis und Brägel". Darauf freuten sich alle, denn der Winter und die Fastenzeit hatten die Körper geschwächt.

„S' Schwienig's un Schinke" wurden eingesalzen. Speck, ob Breit- oder Schmalseite, wurde in den Rauch gehängt.

Der Vater erklärte seiner Tochter, daß man bei geringen Ernten nur ein Hausschwein durchfüttern könne. Sonst reichten die „Sau-Grumbiere nümi fürs Winterfueder". Zudem fänden die Hausschweine eben zu wenig Futter im Krautgarten. In den guten Zeiten könne man bis drei Schweine auf dem Keller-Hof halten. Dann muß der Eber eben „nomol ins Saugatter cho", schwafelte der „Laferi". Mit dieser Lektion übergab er die Schweinewirtschaft an seine Pauline und sagte mit ernster Miene „Maidli, jetz bisch du für' d Sauerei zuständig. Hesch guet zug'lost"?

Richard lehrte Pauline „wie'ne alte Dengeli-Geischt" das Dengeln seiner Sensen, der drei Sicheln und der kleinen Gertel. Er zeigte ihr, wie man den richtigen Winkel des Sensenblatts zum Dangelstock halten kann, damit der Dangelhammer die gewünschte Schärfe bis in die Spitze des Blatts vortreiben kann. Im Gleichklang der Schläge tik, tok wurde das stumpfe Blatt hauchdünn getrieben. Am Gürtel trug er bei der Schnitterei das „Schteifuader", um bei Bedarf die Schneidekante nachzuziehen. „Biem wetze" sei ein gutes Auge und feines Gehör für den scharfen Kantenschliff erforderlich. „Das muesch höre".

Mit dem technischen Rüstzeug versehen, nahm Pauline die kleine „Sägese" zur Hand. „De Buckel auch mitdraie. Du muesch die gliechi Höchi über'm Grasboden halte", um den Sensenschnitt nah an der Oberfläche zu führen. Pauline nahm im Gleichklang zu ihrem Vater denselben

Rhythmus auf und bekam nach einigen Tagen der Übung das Gefühl beim „Maije", das der Vater beschrieben hat.

Zu den Werken Gottes „biem Buure", erklärte Richard seiner Pauline, gehöre vor dem Ernten des Getreides die Samen auf dem Acker auszusäen. Der „Ätti" zeigte ihr, wie man mit „em Saijsack" vor der Brust über den Acker schreitet und die Saat im gepflügten Boden ausbringt. Zwei Vorbereitungen seien die Bedingung. „Du muesch immer die beschte Some zum Saije uf'hebe. Gib d'ruf acht, daß sie im Winter nit d' Mues' fresse. Im Frühlig, wenn's Obsigent goh't, muesch dra goh". Eine weitere Bedingung sei, die Aussaat vor den Vögeln zu schützen. Und er fügte hinzu: „Mengisch muesch halt mit em Vogeldunscht helfe. Wenn d' Flinte dunderet, sin sie biem Nochber. De Kaplan het nüt degege, wenn me d' Vögel dört ane schücht. In Himmel, wo sie ane g'höre".

Dann lachte Richard über seine witzigen Bemerkungen. Wie das Wachstum des Getreides im Jahr weiter gehen werde, liege allein in Gottes Hand. Denn Regen, Sonne, Nässe und Dürre schickt uns der Himmel wie er es mag. „S' bodeschtändig Buure" galt Pauline als heilige Pflicht.

Richard wollte, daß Paulines Schwester Steffane in der Hauswirtschaft eingesetzt wurde. Er runzelte die Stirn, wenn sie zu lange in den Spiegel schaute und sich den „Tschuderheul" kämmte. Dann scheuchte er die blonde Steffane mit „em A'schiß" an die Arbeit. Brot backen, die Würste und die Speckseiten im Rauchfang höher und tiefer hängen. Das Gemüse im Boden in der Erdmiete einzuschlagen und das „Surkrutschtändeli" zu prüfen.

Steffane sollte in der Hauswirtschaft Verantwortung tragen. Pauline hat er in seine „Buurerei" einbezogen, damit sie den Hof später als „Keller-Büüri" übernehme.

Seine beiden anderen „Wieber", die blutarme Mutter Anne-Maria und die hustende Marie sollten sich auf den Bauerngarten am Haus konzentrieren. Helle Sonne und frische Luft waren für die kranken Frauen heilsam. Sie saßen auf der Bank vor dem Laubengang, wenn sie im Garten das Gemüse, den Salat und die Kräuter vom Wildwuchs gelöst hatten. Die Kartoffeln hatte Richard mit Pauline als „Bündte" auf der Wiese angepflanzt. Das wäre für die Schwindsüchtigen zu weit entfernt gelegen. Mit dem täglichen Spaziergang in die Wendelinkapelle hatten sie ihre schwindenden Kräfte völlig verbraucht.

Steffane war mit dem Backen und mit dem Hausputz in der Stube und der Kammer mit ihrer wiederkehrenden Pflicht gut ausgelastet. Sie putzte mit dem „Seifiwasser und em'e Schtrupfer" die Räume einmal in der Woche. Mit dem Birkenreisbesen fegte sie den Schmutz heraus und inspizierte alle Lebensmittel genau. Das Brot wurde einmal in der Woche gebacken. Alle Brotlaibe hingen an Schnüren freischwebend aufgehängt an einer „Hurt", um sie vor Mäusefraß und Ratten zu schützen. Der wichtige Schutz vor Schädlingen war bei allen Lebensmitteln zum Überleben notwendig. Besonders beim Mehl, bei den Kartoffeln, beim Getreide, bei Fleisch und bei der Wurst.

Blumen im Garten und Freiheit im Kopf

Pfarrer Kaiser zelebrierte bei strahlender Pfingstsonne das Hochamt in Herrischrieds Kirche St. Zeno. Er hatte den begeisternden Kaplan als Konzelebranten am Altar. Die Kirche war bis auf den letzten Platz besetzt. Auf dem Kirchplatz bereiteten sich die Posaunen und Trompeten zu den Chorälen und dem Frühlings Platzkonzert vor.

Pauline stand noch bei den Sängerinnen auf der Empore. Der Geistliche verkündete das Lukas-Evangelium mit den Worten: "*Wer den Namen des Herrn anrufen wird, soll gerettet werden. Darum ist mein Herz fröhlich und auch meine Zunge frohlockt".* Pauline sah die Pfingstflammen auf den Köpfen der Gläubigen leuchten, als der Chor das *„Sanctus und Benedictus"* sang. Als sie den Blick auf den Kaplan richtete, züngelten die Flammen wie leuchtende Sterne um dessen Kopf herum. Der Altar schimmerte in Purpurfarbe. Eine ferne Stimme sprach in der Kirche zur andächtigen Pauline: *„Fürchte dich nicht. Du bist mein".*

Paulines Tschäpel funkelte auf dem Heimweg wie eine Krone, die mit leuchtenden Smaragden besetzt ist. Am Wegrand blühten Pfingstrosen in der gleißenden Aura. Diese wandelten sich wie ein Wunder in blaue Stauden, blaue Himmelsleitern und rot-schwarzen Klatschmohn. Die bunten Blumenblüten säumten Paulines Heimweg.

Der Lehrer brachte am Pfingstnachmittag eine Kanne Bier ins Haus, um sie mit Richard zu trinken. Er wollte wissen, ob er schon von seiner Tochter Anna berichten

Die blaue Himmelsleiter

Polemonium caeruleum Familie Sperrkrautgewächse

könne, die seit Ostern auf dem Mettlenhof Magd war. Er interessierte sich immer noch für seine Schülerin Anna. „Mer hen no nüt von er'e g'hört", verneinte Pauline die Frage des Lehrers. „An Fronleichnam dürfe sie wohl zum erschte Mol heim cho" antwortete der Hofbauer. Dann prostete er dem Lehrer mit dem vollen Bierkrug zu und sah auf die Pfingstrosen, auf die blauen Himmelsleitern und den roten Klatschmohn in Paulines Bauerngarten.

Bald kam der Lehrer „uf selle Motsch-Sepp" zu sprechen. Der ultramontane Kaplan, der das Schulaufsichtsgesetz aus dem Jahr 1871 nicht anerkennen wolle, müsse weg! Er gehöre zu denen, die den „corpus juris canonici", den Rechtsrahmen der lateinischen Kirche, erneuern wollten.

Bismarck habe recht in der berühmten politischen Rede von 1873, daß es nicht allein um evangelisch, katholisch oder jüdisch gehe, sondern um die alte tausendjährige Machtfrage: Um das Primat der Kirche oder der Politik. Auch das Friedensgesetz von 1888 im Großherzogtum Baden könne nicht darüber täuschen, daß die Papisten in Rom weitere Macht wollten. Die Ultramontanen mit dem Unfehlbarkeitsdogma für Papst Pius nähmen dem Staat die Freiheit und erzählten eine neue Geschichte der Kirche. Wohlbemerkt von der katholischen Kirche.

Richard hob die Hände und gab zu bedenken, daß sie grundsätzliche Probleme mit der Aufklärung und mit der Säkularisierung bekommen hätten. Auch der liberale Pfarrer Kaiser gebe zu, daß die Zeit der Aufklärung mit berühmten Philosophen wie Kant, Hegel und Schelling problematischer sei als die Verstaatlichung von Land und Gebäuden. Das sehe er deutlich beim Kloster St. Blasien.

Man habe jetzt schönere Prozessionen und liturgische Höhepunkte in der Messe. Auch Massenwallfahrten für die guten Katholiken. Es genüge der pompöse Eindruck von Todtmoos, wie die Wallfahrten zelebriert würden. Das habe es in den Zeiten von Pfarrer Kindler zu seiner Jugend noch nicht gegeben. Da war die Kirche ebenso gläubig, habe aber keinen Wert auf den großen Pomp, auf prächtige Prozessionen und auf die Tradition gelegt. Der einst universale Katholizismus sei partikularer und einförmiger geworden. Das hätten die Ultramontanen im Vatikan verursacht. Der Kaplan sei ein überzeugter Antimodernist und Ultramontaner. Er gehöre „uf Rom".

Der Lehrer betonte noch einmal, daß die Vernunft und Freiheit das eigentliche Ziel der Menschen sein sollten. Denn aus dem Lehrerseminar wisse er, daß der Dichter Hölderlin die Freiheit als heiliges Ziel gesehen habe; der Dichter Schiller vom Reich der Freiheit als dem Reich der Vernunft sprach; und auch der Philosoph Schelling allein die Freiheit als das Alpha und Omega bezeichnet hatte.

Das waren die berühmten Dichter, die als Eichen des abendländischen Humanismus gelten. Deren Wurzeln bis zum Mittelpunkt der Erde reichen und deren Wipfel bis zu den Sternen aufragen, wie der stolze Seminarist hinzufügte, womit er den Beweis liefern wollte, daß er als Lehrer ebenbürtige Kenntnisse wie ein Pfarrer hatte.

Man solle an Pfingsten zur Versöhnung der Welt von der Toleranz sprechen. Der Humanismus führe uns im Leben weiter als die Ultramontanen. Die Volksschule bringe die Aufklärung in die Welt. Damit brachte der Lehrer seine Meinung standhaft und ohne Kompromiß zum Ausdruck. Der Kaplan sei ein Geißelmönch, sage seine „Huusere". Er habe Peitsche und Bußband auf dem Betstuhl liegen. Man höre das leise *„Confiteor"* durch die Wände seines Zimmers im Pfarrhaus. Besonders an den Freitagen, in der Adventszeit und in der Fastenzeit züchtige er sich, um das Leiden Christi körperlich zu vergegenwärtigen. Wie die Flagellanten oder die Mönche in den Klöstern.

Motsch vertrete noch das mittelalterliche Weltbild von Ptolemäus, wie der Dichter Dante 1321 in seinen Versen der Göttlichen Komödie, als er durch das Fegefeuer und die Hölle zum Paradies wanderte und auf Gott schaute. Wo Satan im tiefen Trichter unter der Stadt Jerusalem hause, und der Himmel und die Natur am heiligen Punkt hinter Fixsternen hängen, wo das göttliche Licht leuchte. Der „Motsch-Sepp" würde heute noch die Hexen sehen.

Pauline widmete sich den blühenden Pfingstrosen im Hausgarten. Sie bekam die Diskussion des Lehrers mit ihrem Vater gar nicht mit. Es hätte sie kaum interessiert, was Richard und der Lehrer über den Kaplan erzählten. Der war für Pauline die Erscheinung Gottes auf Erden. Das Antlitz der Liebe Gottes und ihres festen Glaubens. Dabei dachte sie an die leuchtenden Pfingstflammen und an das Lukas-Evangelium, das der Pfarrer verkündet hatte: *„Und eure Alten sollen Träume haben".* Amen.

Die Russengrippe schlägt zu

Die Grippe hatte den Hotzenwald erreicht. Von Basel, vom Rheintal und vom Wehratal kamen immer mehr Todesnachrichten. Die Seuchenpolizei im Bezirksamt Säckingen ordnete an, daß jeder Leichnam unverzüglich beerdigt werden müsse. Auch Richards Frau Anne-Maria und die Tochter Marie, wurden plötzlich hinweggerafft. Sie durften nicht mehr zu Hause aufgebahrt bleiben. Am Todestag mußten sie unverzüglich beerdigt werden. Die Russengrippe hatte ihre geschwächten Körper besiegt.

Wie Hiob hatte Richard seine Söhne und nun seine Frau und Tochter verloren. Im Anhalt an den Korintherbrief von Apostel Paulus stellte Pfarrer Kaiser die christliche Frage bei der Trauerfeier *„Tod, wo ist dein Stachel, Hölle, wo bleibt dein Sieg"*? Richard fand keine Antwort darauf. Der Virus hatte die kranken Frauen wie dünne Halme im Sturmwind geknickt und aus ihrem Leben hinweggefegt.

Der Lehrer hatte die Gefahr für diese schwindsüchtigen „Wieber" geahnt. Nur heiße Hühnersuppe könne noch helfen, hatte er seinem Freund geraten. Zudem legte er ihm ans Herz, seinen Frauen auch Meerrettich zu geben. Dazu am Morgen und am Abend einen rechten „Surpf" vom „Bräntz" zur Desinfektion der Atemwege. Bessere Hausmittel waren im Hotzenwald Dorf nicht vorhanden. Medikamente wie die Salicylsäure, Chinoidin, Jodoform oder Resorcin gab es nur in der Stadt in den Apotheken.

Richard verbrannte das Bettzeug in der Kammer und schwefelte die Räume aus. Als ob er es mit Pilzen beim Roggen, Hafer oder bei der Kartoffelfäule zu tun hätte. Denn tödliche Grippe-Viren kannte er nicht. Die Töchter mußten das ganze Mobiliar mit Seifenlösung waschen. Sie mieden zehn Tage die Kammer der Verstorbenen. Als die Matratzen wieder mit Pfeifengras gestopft, und auf den Betten neue Leintücher aufgelegt waren, kam der Kaplan mit Weihrauch und segnete die Bewohner, die aufgefrischten Betten und ihren ganzen Hausstand.

Richard und Steffane konnten in der Zwischenzeit beim Lehrer wohnen. Pauline durfte im Pfarrhaus leben, wo sie der Kaplan im Glauben firmen wollte. Aber Pauline hatte Angst, daß auch sie den Vater verlieren würde. Sie steigerte sich in ihre Furcht, daß sie nicht mehr von der Seite des Vaters weichen könne. In ihrer angstgeprägten Vorstellung sollte sich Richard nur noch auf sie stützen, weil Steffane „abhaue un ins Amerika überekeie will".

Pauline war der Meinung, daß die Schwester Steffane zu viel „Pflänz im Hirni" habe. „Die isch verruckt g'nueg", argwöhnte sie, daß sie „ohni e Mark im Sack ab'haut". Wenn sie Tante Frosines schöne Briefe aus Amerika lese, strahle sie verzückt und träume von der neuen Welt. Der Lehrer halte ihren Drang zum Auswandern zwar für gut, aber er wisse auch von der Gefahr für „verruckti Zaine". „Do bisch ganz schnell e Lumpediddi, wenn de am Hafe in Hamburg oder in Bremen in'd Fäng vo de tätowierte Matrose chunnsch" warnte er, ohne männlichen Schutz zu reisen. „S' Frosinli isch damals fascht abg'schtürzt".

An der Schellenberger Chilbi

Der „Oktober-Chilbi-Dzischdig" ist dem Patronat des
Wendelin geweiht. Einem irisch-schottischen Nothelfer
für die Landbauern und „de Viecher". Nach der großen
Rinderseuche zu Beginn des 18. Jahrhunderts wurde ihm
die Kapelle in Schellenberg gewidmet. Die Segnung der
Gläubigen und von Vieh zog die Chilbi-Besucher auch im
Jahr 1893 an. Eine Marketenderwirtschaft, Marktstände
mit Kleidern, Schuhen und allerlei Krims-Kram gehörten
zur Chilbi. Ebenso das Gerücht, daß der Wehrer Freiherr
von Schönau seinen gesamten Schloßkomplex verloren
habe, weil er bankrott sei. Es kam auch hergelaufenes
Volk zur Chilbi. Zum Pöbeln oder zum Prügeln nach der
Schellenberger Flurprozession oder zu späterer Stunde.

Pfarrer Kaiser predigte von der Außenkanzel der Kapelle,
die nach dem Brand der Herrischrieder Kirche im Jahr 48
als Ersatz für das verbrannte Gotteshaus gestiftet wurde
und seither dem Pest-Gedenken als Gotteshaus diente.
Nach der Prozession segnete er die Pferde, die Kühe und
das landwirtschaftliche Sammelsurium der Bauersleute.
Dann setzte er sich gern an den Tisch zu den Gästen, um
Bier zu trinken. Denn der Bierkonsum sollte den maßlos
„gesoffenen Bräntz" ablösen, der zu Prügeleien führte.

Um den Pfarrer Kaiser lagerten sich die rechtgläubigen
Christen, die weder einen Reichskanzler Bismarck noch
einen heftigen Kulturkampf mit den Liberalen oder mit
den Sozialisten gebraucht hätten. Die letzten drei Jahre
nach dem Sturz von Bismarck im Jahr 1890 waren für die

Freunde des alten Pfarrers Kaiser so unglaublich, wie die päpstliche Unfehlbarkeit der ultramontanen Kreise mit dem missionierenden, benefizierenden Kaplan Motsch. Am Chilbi-Nachmittag scharten sich die Mädchen und die ledigen Frauen am Rande des Geschehens um den jungen Seelsorger. Die junge Pauline stand ebenso in diesem Kreis, der den *„Geschwänzten mit'm Pferdefuß"* durch *„verdampftes Weihwasser un Weihrauch"* abhielt.

Ihre Schwester Steffane stand bei den Gruppen, die vom Auswandern und von Baptisten und Quäkern in Amerika berichteten. Ihre Kinder trugen Matrosenanzüge, da sie über das Meer fahren wollten. Die neuen Dampfschiffe waren viel schneller und auch komfortabler. Der Name des Staatssekretärs Admiral von Tirpitz wurde genannt, der die treibende Kraft des Kaisers Flottenbau war, den Kaiser Wilhelm für einen Platz an der Sonne anstrebte.

Richard trank sein Bier mit mürrischem Gesicht im Kreis der Hofbauern. Sie hörten dem Bauernverbandsmann gern zu. Dieser Bauernbund BLV war in der Agrarkrise 1890 im Deutschen Reich entstanden. Er wendete sich gegen die neue Handelspolitik des preußischen Generals und Außenministers Leo von Caprivi, der mit scharfen Worten „ohne Ar und Halm" gegen die Bauern wetterte. Dieser Verbandsvertreter wollte in Herrischried einen Ortsverband der Bauern gründen. Der Funktionär warb, sich mit den Sozialdemokraten zu verbünden, um die Regierung herauszufordern. „Mir mün luuter brühle, bevor alles de Bach ab gange isch. De Kaiser mueß es

selber höre" versuchte der Funktionär mißtrauische
Bauern bei der Schellenberger Chilbi zu überzeugen.
Der Lehrer war sofort dabei und sprach Richard auch zu:
„I ha dr scho immer g'seit, daß de uf'd Strömige vo de
Sozialisten höre muesch". Nur soziale Politik könnte eine
deutliche Besserung auf dem Land für die geschwächten
Bauern bringen. „Vergiß das leeri G'schwätz vom Kaplan.
De schafft für de Vatikan in Rom" grummelte er weiter.

Richard war für neue Bewegungen in der Landwirtschaft
nicht mehr zu gewinnen, seit seine Frau Anna-Maria und
seine Tochter Marie vor über drei Jahren an der Grippe
gestorben waren. Er freute sich nicht mehr. Nach den
schlechten Ernten in seinem armseligen Leben setzte er
die Zukunft des Hofs nur noch auf seine junge Pauline.
Seine Tochter Anna war nun in Basel in einer begüterten
Familie als Dienstmädchen tätig. Sie hatte ihren Willen
durchgesetzt, der Armut auf dem Land zu entkommen.
Seine Zweitälteste, die hübsche Steffane, war bereits in
den Startlöchern, ins Rheintal zu ziehen und den Weg
der Auswanderung in die neue Welt zu wagen. Wenn
nur Pauline nicht so sehr vom Kaplan beeinflußt würde.
Sie hatte die Statur, den Hof in die Zukunft zu führen.

Richard wollte sich jetzt der Freiheit der Hotzen widmen:
Im Winter auf der „Chauscht" liegen und den Tabak aus
der Meerschaumpfeife rauchen. Dabei von den schönen
und beruhigenden Künsten des Nichtstuns befreit leben.
Das Schnapsbrennen und das Schnapstrinken sei eine
uralte Tradition, die seine Vorfahren beherrscht hatten.
In diesem Sommer wolle er Pauline noch einmal zur

Seite stehen, damit sie den Hof besser bewirtschaften könne. Jedenfalls erfolgreicher als es ihm selbst gelang. Die Schellenberger Chilbi war in den späteren Mittag gekommen. Die geistlichen Herren zogen sich zurück. Das gesegnete Vieh stand wieder daheim in den Ställen.

Die unverheirateten Mädchen blieben beieinander und kicherten. Einige Burschen unterhielten sich über diese ledigen Schönheiten der Umgebung. Besonders heftig diskutierten die zweitgeborenen Männer über Pauline. Sie hielten sie für eine Gelegenheit zum „iene' hürote", obwohl sie noch zu fest in den Kaplan verschossen war. Sie glotzten auf ihr „Fürtuch", wo Paulines Brustkorb das Brusthemd spannte. Man müsse den Kaplan ausstechen. Denn ihre Schwester, die schöne Steffe, wolle „abekeie", wie man die Landflucht in das Rheintal bezeichnet hat.

In dieser abendlichen Stunde nahten mehrere Burschen aus weiter entfernten Dörfern, die „mit'm Bräntz" vom Totenbühl über Altenschwand, Niedergebisbach und von Hottingen zur Chilbi in den Festabend gezogen waren. Sie wollten raufen, pöbeln und eine rechte Schlägerei anzetteln. Denn die Prügel wuchsen an den Festen auf dem Hotzenwald, wie die blühenden Rosen, wenn man ihnen zu viel Wasser oder zu viel „Bräntz" zukommen ließ. Denn die Kultur hatte noch nicht in jeden Winkel der stillen Bergeshöhen in der Hauensteiner Landschaft geleckt, wie es der badische Dichter Joseph Victor von Scheffel schon ein halbes Jahrhundert zuvor bei seinen Ausflügen in den Hotzenwald genau beschrieben hatte.

Diese derben Gaudi-Burschen näherten sich feixend den schönsten Mädchen und wollten sie auch beeindrucken. Die älteren Hotzen bildeten einen Kreis um das übliche Schauspiel, das sich wie ein inszeniertes Spektakel mit traditionellem Getöse um die Jungfrauen abgespielt hat.

Dazu hatten diese Mannsbilder ihre „Fest-Monturen" angezogen, die aus dem gefältelten, weißen Hemd mit Kragen, dem großen Brustlatz mit einem übergestülpten „Fürtuch" statt einer Weste bestanden. Die Pluderhose hing in weiten gefalteten Tuchlagen bis zum Knie herab. Der verbrämte Samttschobe, die weißen Strümpfe mit den hohen Stiefeln und der Strohhut oder die Pelzkappe machten diese groben Kerle zu respektablen Männern.

Vor den ersten heftigen, lauten Gemeinheiten, die wie die Balzlaute eines Auerhahns aus ihren „verbränzten" Schnäbeln zischten, zogen sie den „Tschoben" aus und warfen den Strohhut ins Gras. Die Frauen traten zurück.

Dann rumste der erste Schlag, der je nach Eindruck der „Wieber e liechte Chlapf oder e Mords-Chlapf" wurde. Die Faustschläge wurden fortgesetzt bis einer oder beide Jung-Hotzen erschöpft zu Boden gingen. Darauf prüften die Alten mit den ergrauten Haaren die entstandenen Blessuren und gaben bekannt, „ob's no öbbis git" oder, ob der Faustkampf beendet sei. Den alten Brauch vom Hotzenwald kommentierten sie zufrieden mit dem Wort „s' isch öbbis gange". Dann war es eine prächtige Chilbi, über die man den ganzen Winter in den Stuben erzählte.

Die Wallfahrt nach Todtmoos

Pauline nahm in den weiteren Jahren an der „Hornuss"
Wallfahrt zum Gnadenbild Mariens „ins Todtmis" teil.
Eine Jahrhunderte alte Pest-Wallfahrt aus dem Aargau.
Auf dem vierzig Kilometer weiten Weg beteten die Pilger
dauernd Rosenkränze bis die Hornusser Prozession unter
Glockengeläut „mit bleischwere Bei" an der Todtmooser
Kirche, dem Ziel der Pest-Prozession angekommen war.
Pauline stieß oft am „Steinernen Kreuz" bei Wehrhalden,
das nicht weit weg vom Keller-Hof lag, zur Prozession.
Sie hatte dann bis zur Wallfahrtskirche sechs Kilometer
Pilgerstrecke zu gehen. Durch den steilen Hochwald mit
Tannen und Buchen hinab in den Wallfahrtsort im Tal.
Vorbei an der trutzigen Freiwaldkapelle, die ehemals
den klösterlichen Bann vom Freiwald abgegrenzt hatte.

Die Nachbarn beauftragten Pauline bei der Hornusser
Prozession gern mit Ablaß-Wünschen, die sie anstelle
ihrer Auftraggeber vor Mariens Gnadenbild vortragen
sollte. Dabei zeigten sich „d'Nochbere" recht großzügig,
indem sie die junge Frau gut belohnten, weil sie deren
Not kannten: „Für e G'setzli bete git's e Pfund Anke".

Die Pilger besetzten vor dem Todtmooser Hochaltar die
Plätze zur heiligen Messe. Das großartige Gnadenbild
der im Schmerz versunkenen, gekrönten Maria aus der
Zeit von 1390 mit dem dornenbekrönten Jesus übte
schon seit Paulines Kindheit eine besondere Anziehung
auf das Mädchen aus. Mantel und Schleier der Mutter
und des Sohnes waren als kostbare Ornate gearbeitet

und überdeckten alte Brandschäden der Kunstwerke. Der filigrane Schmuck im Altarraum beeindruckte sie. Das bunte Gewölbe über der Kanzel verbreitet barocke Harmonie. Die Symmetrie mit den gemalten Fassaden der Originalmotive aus der Renaissancezeit spiegelten den Ruhm Gottes und die Erbauung der Menschen. Seit dem Jahr 1600, als die Hornusser Pilger wohl erstmalig als Prozession eintrafen, um die Pest zu überwinden.

Vor der heiligen Kommunion bei der Eucharistiefeier wurde stets das liturgische Gebet *„agnus dei, das Lamm Gottes"*, gesprochen. Im Gebet fühlte sich Pauline selbst wie das Lamm Gottes auf der Welt. Sie bat inständig um Vergebung für die sündigen Auftraggeber und das „ego te absolvo" für ihre eigenen Sünden, die sie dem Kaplan bei ihrer häufigen Ohrenbeichte immer anvertraut hatte. Selbst Todsünden, vor denen Kaplan Motsch sie in der Glaubenslehre eindrücklich gewarnt hatte wie Hochmut, Neid, Zorn, Trägheit, Habgier, Völlerei und Wollust, die allen Sündern, aber gerade Pauline nie begegnet waren.

Nach der Messe beeilte sich Pauline, ihren Rückweg mit dem Segen der Wallfahrt anzutreten, während die Pilger in Todtmoos schon die Nachtquartiere bezogen hatten. Sie wollte den Fußmarsch bis zum Anbruch der Nacht vollenden, da sie am nächsten Morgen „scho früh'j um fümfi Matte maihje" wollte. Das Vieh brauchte Futter. Den Rosenkranz legte sie um den Hals, um ihn nicht zu verlieren. Als sie nach viereinhalb Kilometern bei der Freiwaldkapelle ankam, hatte sich die hitzige Schwüle zu einem Gewitter formiert. Sie hörte den unheimlichen, grollenden Donnerhall fern im engen Wehratal brausen. Der Himmel färbte sich brandgelb mit violetten Streifen. Die Jungfrau beeilte sich und begann zu singen *„ich hebe meine Augen auf zu den Bergen. Woher kommt mir jetzt Hilfe"*? Dann packte Pauline plötzlich die panische Angst.

Sie versuchte, aus den Bäumen des Waldes heraus zu kommen. Es waren nur noch wenige Baumlängen zur Freiwaldkapelle, als das Gewitter über sie hereinbrach. An der Todtmooser Grenze zum Strittmatter Freiwald begann der heftige Platzregen in Sichtweite zur Kapelle. Mit einem fürchterlich harten Donnerschlag war der Schauplatz von zuckenden Blitzen tageshell erleuchtet. Ein Ozongeruch durchzog den gelben, grellen Luftraum. Hinter Pauline fiel eine hohe Tanne gebrochen zu Boden. Der Blitz hatte den dicken Baum gefällt. Weit fallende Kronenteile der Blitztanne zerbarsten mit lautem Knall.

Ein Ast mit streifenden Tannenzweigen erfaßte Pauline wuchtig von hinten. Wie ein Peitschenhieb traf sie der Schlag an der linken Schulter und riß die junge Frau auf den Boden. Der Tannenschlag hinterließ eine Schürfspur unter den Kleidern. Er zog sich bis in den Lendenbereich. Pauline verlor augenblicklich das Bewußtsein. Sie stürzte besinnunglos auf den Waldboden und blieb im Inferno des heftigen Sommergewitters liegen. Die schützende Freiwaldkapelle stand nur hundert Meter weit entfernt. Dort hätte die junge Frau Schutz im Unwetter gefunden. *„Fürchte dich nicht"*, hörte Pauline die göttliche Stimme über sich. Sie sah in ihrem Traumgesicht in den Himmel. Der Schutzengel breitet seine Fittiche über der Frau aus.

Der Wehrhalder Blitz

Pauline entdeckte eine Rauchsäule. Im dämmernden Abendhimmel stieg der Rauch auf, als sie ihren Weg am Steinernen Kreuz nach Wehrhalden fortsetzte. Einer der Blitze im Gewitter hatte wohl unheilvoll eingeschlagen.

Als Pauline dort eintraf, brannte der Hof lichterloh. Die Feuerwehr brachte eine Druckspritze. Von Herrischwand waren die Helfer unterwegs, um das Feuer zu löschen. Der Kommandant teilte Pauline für die Schlauchleitung zum Klaffenbach ein. „Verbindet d' Schlüüch guet mit'm G'wind. Es mueß ie' raschte. Ganz grad hinter enander lege. De Suugkorb mueß unters Wasser. Eine vo euch mueß d'unde am Bach druf luege. Pauline lauf abe „! Als die Feuerwehrschläuche angelegt waren und Wasser ansaugten, wurde Pauline an der Druckspritze eingeteilt. Die junge Frau war groß und kräftig. Sie konnte wie die Burschen zupacken. „Nimm de Bumpschwengel in beidi Händ und lueg, daß de mit diem Nochber an de Spritzi gliech im Takt bliebsch. Alli fünf Minute wechsle mer jede Maa biem Bumpe ab „rief der Kommandant den kräftigen Burschen zu, die Pauline in die Mitte nahmen.

Pauline wuchsen an der Wasserbumpi Wunderkräfte zu. Über dreißig Doppelhube in einer Minute beförderten fast zweihundert Liter Wasser im kräftigen Strahl bis auf acht Meter Höhe hinauf auf das Strohdach. Fast zwanzig Meter Entfernung betrug der Abstand vom Hofgebäude. Das war für die Helfer nicht nur eine außerordentliche Kraftanstrengung, sondern auch heiß und gefährlich.

Die Kerle zogen in der sengenden Hitze ihre Kleider aus. Sie blödelten mit Pauline und forderten sie spontan auf, ihre Bluse ebenso abzulegen. Gar nicht maulfaul zahlte sie den Burschen die anzüglichen Bemerkungen zurück. „Wenn de jetz scho schwitze muesch, chasch's in de Höll überhaupt nit us'halte. Denn dört chunn'sch ane, wenn de wieter so so blöd chäsperle will'sch„. Denn Pauline spürte, daß sie stark genug war, jedem der halbstarken „Schwauderi-Schwengel e Chlapf an Grind ane z' haue".

Mit diesem Brandeinsatz war für jeden Burschen klar, daß Pauline nicht nur eine gläubige Jungfrau, sondern eine bärenstarke Bäuerin war, die fast jeden Jüngling gemeistert hätte, wenn sie es „dene Cheipe zeig't hät". Nach dem Feuerwehreinsatz in Wehrhalden respektierte man Pauline. Sie wurde nun als eine „Büüri" anerkannt.

Die Kunde von diesem ersten Versicherungsfall für die Feuerversicherung verbreitete sich nach der gewaltigen Feuersbrunst sofort über den gesamten Hotzenwald. Der Wehrhalder Bauer war gegen Blitzschlag versichert.

Dieser Brand war kein Hotzenblitz, der einen Blitzschlag vorgetäuscht hatte. Es war ein Blitzschlag aus heiterem Himmel der Natur, der wegen der Flammengefahren für Strohdächer auf dem Hotzenwald sehr gefürchtet war. Denn Stroh flammte wie Zunder. Deshalb spannte man bei Gewittergefahr üblicherweise nasse Leintücher auf das Stroh, um Funkenanflug bei Bränden zu vermeiden. Doch bei Blitzen aus heiterem Himmel wie bei diesem Brand war keine Zeit, Schutzmaßnahmen zu ergreifen.

Der Wehrhalder Bauer konnte den Viehbestand retten. Denn die Rinder standen zum Teil noch auf der Weide. Auch die Sauen waren im Schweinekoben außerhalb des Hauses. Nur das Pferd und drei trächtige Kühe standen beim Brandausbruch im Stall. Es war noch Zeit, die Tiere zu retten. Doch die Habseligkeiten und die Kleider waren in den Flammen aufgegangen. Die siebenköpfige Familie mußte bei den Verwandten unterkommen. Es bestand große Zuversicht, daß die Basler Feuerversicherung den Brandschaden bezahlen werde, was auch bald geschah, wie es vertraglich vereinbart war. Mit der Zahlung blieb die Zuverlässigkeit der Feuerversicherung gewahrt.

Der Wehrhalder stellte danach seine trächtigen Kühe als Pensionsvieh zwei Jahre auf den Keller-Hof. Richard war mit dem Viehzuwachs einverstanden. Pauline führte die drei Kühe am Morgen nach dem Brand von Wehrhalden bis nach Großherrischwand. Sie hatte im Stall genügend Platz, dem eigenen Vieh auch fremde Kühe beizustellen.

Nun standen in Paulines Stall insgesamt sechs Rinder. Sie schnitt das Futtergras auf des Wehrhalders Matten und brachte das fremde Heu ein, um das Pensionsvieh gut zu versorgen. Denn der Keller-Hof hatte selbst nicht genug Wiesen, um das eigene und das fremde Vieh zu füttern.

Der Wehrhalder Buur ließ sich nicht lumpen. Er schenkte Pauline ein Kalb einer trächtigen Kuh, und sagte wie ein großzügiger Bauer „muesch jo au öbbis für's Schaffe ha".

D' Steffane isch abekeit

Nachdem Steffane an Martini 1896 ins Rheintal gezogen war, bewirtschaftete Pauline den Hof fast ohne Hilfe. In der Wäldersprache bezeichnete man die Abkehr von den Bergeshöhen des Hotzenwaldes in das Rheintal hinunter oder noch weiter in den nahen Aargau als das „abekeie".

Richards Tochter Anna war schon geraume Zeit als Magd in Basel, wo die Mamsell Anna bei der Familie Alioth das Vertrauen ihrer Herrschaft in Großbasel erworben hatte. Anna war es damals gelungen, ihrer Schwester Steffane „e bäumigi Stell als Huusmaidli in e'me guet g'schtopfte" Säckinger Haushalt zu verschaffen. Denn Anna bekam beim „Cafikränzli" im Hause Alioth in Basel zu hören, daß Frau Fanny Hüssy-Brunner in ihrer Villa in Säckingen ein Dienstmädchen suche. Frau Alioths Empfehlung war eine Garantie für „s' neu Maidli" Steffane, eine Zusage bei Frau Hüssy in der Säckinger Waldstadt zu bekommen.

Die Villa Hüssy hatte zweieinhalb Stockwerke und ein riesiges Dach. Der Jugendstilbau war mit Klinkersteinen und mit behauenem Sandstein erbaut. Der runde Erker, großen Balkone und südliche Terrassen zierten das Haus. Das Treppenhaus an der Nordseite ragte wie ein Turm in den Himmel. Die breite, ausladenden Eichentreppe und das fein ziselierte Eisengeländer wirkten herrschaftlich. Doch der Nordeingang wurde fast nur von Dienstleuten benutzt. Dort lag das Concierge-Zimmer, wo „s' Maidli tagsüber g' schafft het". Steffanes Kammer lag darüber.

Das Treppenhaus verband die Eingangshalle mit beiden Stockwerken und dem Wasserklo neben der Concierge.

Von dort war sie schnell in den Kellergewölben bei den Vorräten, in der Waschküche oder in den Wohnräumen, wenn sie gerufen wurde. Steffane mußte Brot backen, wie sie es zu Hause gelernt hatte. Zudem war sie für die Besorgung des Haushalteinkaufs und für verderbliche Lebensmittel, für Fleisch und für das Gemüse zuständig.

Herrschaften und Gäste betraten die Villa unter einem ziselierten Glasdach von Westen durch eine Eichentüre. Nach dem Windfang mit braun verziertem Eichentäfer und farbigen Scheiben kam man in die Empfangshalle mit dem farbigen Mosaik-Fußboden von Villeroy-Boch. Dort ging es durch hohe Kastentüren mit aufgesetzten Türschlössern weiter in drei Räume mit hohen Decken. An den Stuckdecken prangten allegorische Farbbilder.

Im Erkerzimmer speiste die Familie unter dem Gemälde des Basler Kunstmalers Arnold Böcklin. Das Geschirr mit dem Meissner Zwiebelmuster, den geschliffenen Gläsern und poliertem Silberbesteck wurde auf der Damastdecke genau ausgerichtet. Darauf legte die Dame des Hauses großen Wert. Sie übte mit Steffane, den Tisch zu decken. Den Salon zierten drei Fauteuils und eine Chaiselongue, um die Damen der Honoratioren zum „Plausche und Schnädere" gemütlich auf dem „Canape" zu platzieren. In der Kommode und den Glas-Vitrinen stand Kirschlikör mit Konfekt aus der Meissener Zwiebelmuster-Etagere.

Im westlichen Kaminzimmer rauchten die Herrschaften Burger Stumpen, Villiger Zigarren oder ihre Pfeifen mit brasilianischem Tabak aus Bahia oder Rio Grande Do Sul. Der Rauch hüllte sie ein. Das Raucherzimmer war mit Kupferstichbildern und patiniertem Zinn sowie Schalen im altdeutschen Stil an den Tapetenwänden behangen.

Rudolf Hüssy-Brunners Gäste saßen in weichen braunen Ledersesseln und schenkten sich die Getränke aus den Karaffen und Flaschen ein, die auf den Kommoden und Tischen gut gefüllt auf die abendlichen Zecher warteten. Der Hausherr trank abends mit seinen Freunden aus der Walfischia gern einen großen Schluck. Dann erklangen Studentenlieder wie etwa von Scheffel „Im schwarzen Walfisch zu Askalon und das Gaudeamus igitur", die zur Stadt hin schallten. Oder es tönte das Lied vom wilden, anarchischen „Heuschreck und seiner Heuschreckin", die noch immer konstitutionell-monarchisch hüpfen wollte.

Eine herzliche Stimmung verbreitete das romantische Lied vom elegischen „Säckinger Sommernachstraum". Besonders beim Erlebnis einer Vollmondnacht auf der Terrasse oder auf dem hohen Balkon der Villa Hüssy. Auch die Frauen im Hüssy-Haus liebten diesen Gesang.

Der starke Hymnus, der oft mit Inbrunst vorgetragen wurde, erwärmte das Herz der Sänger und der Zuhörer im alten Trompeter-Städtlein Säckingen am Rhein.

Der Säckinger Sommernachstraum

von Bezirksamtmann Moritz Seubert 1888 in Säckingen

Schimmernd kommt der Rhein gezogen, durch die Mondnacht lind und lau. Sanft umspülen seine Wogen, Alten Städtleins festen Bau;
Und aus seinem Wasserschoße, tönts wie frommer Pilger Sang, schallt's wie heißes Schlacht Getose, schmettert's wie Trompeten Klang.

Er erzählt aus fernen Tagen, herrliche und holde Mär; wie Germanen Kraft geschlagen, wilder Heunen reisig Heer, wie auf rauher Insel Öde, Stolzes Gotteshaus erstund, wie des Glückes Morgenröte, strahlte jungem Liebesbund.

Und im Walde duftumwoben, wo auf stillem See der Schwan, seine Bahnen zieht - dort oben, hebt sich leises Rauschen an: Durch die Lüfte hörst du tönen, zu des Stromes Melodei, alten Song von Berges Söhnen, trutzig wehrhaft kühn und frei.

Mond erlischt - der Berge Säume, rötet jungen Tages Pracht, alter Zeiten wirre Träume, weichen seiner Zaubermacht, und der Schöpfung Wunderwerke, zeigt er uns im Sonnenschein: Grüß' Euch Gott ihr Wälderberge, grüß' dich Gott du stolzer Rhein.

Steffane summte den stolzen Gruß an die Wälderberge noch am folgenden Morgen, wenn die Dame des Hauses mit leichtem Kopfschütteln oder mit Grausen nach dem abendlichen Becherlupf der Walfische grollte „Steffane, jetzt heißt's wieder Gläser uf'ruume un G'schirr butze". Sie summte beseelt und spülte die Bierkrüge, säuberte die Zinngerätschaft und polierte das benutzte Geschirr. Zinn wurde mit angerührter Paste aus Mehl und Salz mit Essig für die Reinigung aufbereitet. Mit einem Schwamm oder mit Schachtelhalmen aus dem klösterlichen Wald am Frauenweiher putzte Steffane die Schleifpaste ab und poliert die Zinnschalen bis die grau oxidierte Patina aufgelöst war, und die Schalen in der Sonne glänzten.

Frau Hüssy zeigte Steffane, der „Donna de Servizio", wie man serviert. Die Küche mit den kupfernen Töpfen, den Guß-Kasserollen und Pfannen lag in der Nähe. Da Frau Hüssy nicht selbst gekocht hat, kam die Köchin ins Haus.

In den oberen Räumen der Herrschaften hatte Steffane genügend zu tun. Die Eichenböden spänen, wachsen und den Staub zu wischen. Auch die Fenster wurden sauber geputzt, damit der Schweizer Hausherr aus Safenwil im Aargau ungetrübt in die Schweiz zurückblicken konnte. Es gab im Obergeschoß für Rudolf und Fanny Hüssy zwei Lieblingsorte: Die verglaste Orangerie mit südländischen Pflanzen, die im Sommer auf die weitläufigen Sandstein Balkone verteilt wurden. Die Attraktion im Haus war das französische, breite Sofa, das mit den Sprungfedern und dem Polster für die mittägliche Ruhe des Paares diente. Das obere Badezimmer spiegelte mit „Majolika" Fliesen besonders die südliche Herkunft der Dame des Hauses.

Die elegant gekleidete „Donna Fanny " konnte durch ein Schrankzimmer in ihr eigenes Jugendstil Zimmer gehen.

Fanny, die junge Aargauerin mit leicht südländischem Teint, war in Neapel geboren. Aber eine „waschächti Aargauere". Ihre hellen Haare hatte sie hochgesteckt. Die braunen Locken fielen frei nach dem Vorbild der französischen Madame Pompadour um den Hals herum. Da sie noch keine Kinder hatte, und ihr Mann Rudolf als Fabrikant der Murger Baumwollweberei Hüssy & Künzli, eine Arbeitersiedlung baute, hatte sie viel Zeit zu reden. Dann freute sich Steffane, wenn Fanny sagte „verzell mer vo de Hotze". Geschichten vom harten Landleben.

Fanny Hüssy-Brunners evangelische Konfession in der katholischen Stadt Säckingen schränkte sie damals ein. Denn sie kam aus dem evangelischen Aargau. Doch das barocke Säckinger Münster und die katholischen Feste begeisterten die junge Schweizerin. Das Fridolinsfest wurde stets am nachfolgenden Sonntag des 6. März im Säckinger Münster mit einer Stadtprozession gefeiert. Steffane fragte neugierig nach der Fridolinprozession. Frau Hüssy antwortete mit leuchtenden Augen „Es isch no so wie's de Scheffel im Trompeter g'schriebe het: D' Chinder laufe dr Prozession vorus. Der Lehrer zupft sie an de Ohre, wenn sie spektakle un nit ruhig bliebe".

Zwölf starki Bursche trage de goldig Reliquieschatz vom Heilige Fridolin uf de Schultere durch die ganzi Stadt. Dann chöme Pfarrer und Kaplän' vom Münster un au vo uswärts. Sie trage die große Cherze. Dann chöme noch' em Bürgermeister d' Rotsherre hinterher. Un alli andere Herrschafte: De Amtmann, Rentei-Verwalter, Syndikus, Notar und Anwalt. Au de Säckinger Oberförster isch in de Uniform immer de'bie. Dann chöme alli Ritter dezu. De Dütsch-Orde, de Komturei vo Beuggen im dunkle Mantel un mit'm wieße Chrüz. Sie ridde mit ihre Ross. Und d' Heitersheimer Malteser mit de blaue Umhäng . Dann alli religiöse Verein' un Bruderschafte. Spöter no Stadtbürger. Un dann chöme alli Wälder-Trachte vom Hotzewald. Manne un Fraue „. Steffane jubelte lauthals: „Do möchte i au an d' Prozession goh! Darf i mit ane„?

In gesellschaftlicher Sicht war für den Textilfabrikanten Rudolf Hüssy die Aufnahme in die Herrengesellschaft Walfischia wichtiger als das Säckinger katholische Milieu. In dieser Badischen Herrengesellschaft verkehrten die Kommerzienräte, die Textilbarone wie die Ballys und die Berberichs sowie die höheren Beamten wie Wal Seubert. Die geselligen Wale trafen sich in der Walfischiastube, pflegten Freundschaft und ihren Humor im Scheffelgeist.

Steffane hatte nach der Fridolinprozession zur Heirat altkatholischer und evangelischer Pfarrer eine Frage an Frau Hüssy: „ Isch es wohr, daß die andere Pfarrer vo de Altkatholische un vo de Evangelische ihri Fraue hüroten dürfe „? Das war natürlich Paulines Kardinalfrage, die den Kaplan Motsch betraf. Frau Hüssy erklärte ihr, daß weder altkatholische noch evangelische Pfarrer ohne Frau leben müssten. Steffane bekam Mitleid mit Pauline.

Am Fridolintag

Am Fridolintag 1898, dem Patronatstag des Heiligen
Fridolin in Säckingen, stapfte Pauline zusammen mit
ihren drei „Nochber-Wieber" am frühen Morgen durch
die verharschte Schneelandschaft, um den Fridolinmarkt
im Rheintal aufzusuchen. Bei der „Ödlandkapelle" bogen
die vier jungen Frauen nach Süden und zogen talwärts in
Richtung Schneckenbach, dem oberen Zulauf des Wuhrs.

Das „Heidewuhr" floß als Wassersammler und Wildbach
der Stadt Säckingen zu. Eis und Schnee waren abgetaut.
Die Strahlkraft der wärmenden Märzensonne hatte an
den Südhängen mit dem Blick in den Schweizer Jura und
in die Schweizer Alpen die Frühlingstage eingeleitet. Die
Erde taute wieder auf und begann zu duften. Die ersten
Weidenkätzchen lockten die ausfliegenden Honigbienen.
Auf dem Weg über die Orte Glashütten und Bergalingen
am Ufer des alten Heidewuhr strudelte das Quellwasser.
Es schob das Wuhrwasser zum Schöpfebach ins Rheintal.
Die Morgensonne löste schwebende Nebelbänke unten
am Schöpfebach. Auf den historischen Hutpfaden kamen
die Frauen im Gänsemarsch herabgezogen. Sie sprachen
munter über Fridlini in Säckingen: „Z'erscht göh' mer ins
Münschter, dann göh mer zum ie'chaufe uf'm Märtplatz.

Mer luege Chleider a und chaufe, was'me halt bruucht.
Z'erscht müm'r selber d' Anke un d'Bräntzguttere emol
verchaufe. Wenn's goh't, b'suche mer no d' Steffane bie
ihrer neue Herrschaft in de Villa Hüssy". So planten sie
ihren Tag, an dem sie die abgeschiedene Welt vergaßen.

Die Frauen waren in ihren warmen Wälder-Pelzkappen unterwegs. „Wenn me neume ane goh will, isch me gut uf'gleit un guet a'gleit„, plapperte Pauline frohgemut vor sich hin, als sie am Gewerbekanal den Säckinger Bergsee erspähten. Sie kamen gerade pünktlich zur Frühmesse.

Der Fridlinimarkt verzauberte die jungen Wälderfrauen, die in ihrer „Montur" zum bunten Marktbild beitrugen. Dann füllten sie ihre Rucksäcke mit den Einkäufen, die sie im Gegengeschäft mit dem Verkauf der Butterballen und der Bräntzflaschen finanzieren mußten: „Funzleöl" Kernseife, Gewürze, Tinkturen, Salben und Streichhölzer. Zuletzt bummelten sie zu den Kleiderbuden im Zentrum des Marktes. Sie erkundeten die neue Damenmode und Miederwaren. Mit kessen Sprüchen begutachten sie die geschneiderten Kleider und englische Tuchballen sowie Corsettagen oder französische Unterröcke, obwohl die knappen Wälderfinanzen für den Einkauf nicht reichten.

Dann erblickten sie Steffane auf dem Münsterplatz, die mit ihrem ledernen „Ridikül" zum Einkaufen über den Markt schlenderte. Aus den Kehlen tönte gleichzeitig der Ruf „lueget, dört isch d' Steffane „. Die drehte sich auf dem Absatz und rief: „Jeggis nei, wo chömet ihr her„? Dann rannte sie im Laufschritt und herzte ihre lieben Großherrischwand-Wieber wie nie zuvor in ihrem Leben. Die Freudentränen flossen über ihr gerötetes Gesicht. Steffane trug keine Wälder-Tracht, sondern die moderne städtische Hausmädchenkleidung, die sie von Frau Hüssy zu ihrem Dienstantritt geschenkt bekommen hatte.

Ihre Worte gurgelten und sprudelten wie ein Wasserfall.
Fast wie Kaskaden, die den Gewerbebach herabstürzten.
„I mueß euch verzelle, wie s mir bie minere Frau Hüssy
gange isch. Sin jetz scho siebzeh Wuche her, wo ni scho
vom Wald abekeit bie „. Dann pries Steffane Frau Fanny
und die prächtig eingerichtete Villa Hüssy: „Das münt ihr
g' seh ha. Des Hüssy-Huus isch so schön wie ne Palascht.
Es sin g'schtopfti Lüt mit ziemlich Glutter an alle Finger.
Aargauer Weber, wo ihre Zaschter vo ihrer Fabrik hän".

Die Landfrauen kamen gern zur „Buure-Visite" an die
Villa Hüssy. Die Dame des Hauses erlaubte Steffane, die
„Wieber" vor ihrem Heimweg mit einer Tasse heißer
Schokolade zu bewirten. Für die jungen Wälderfrauen in
ihren derben Kleidern und schiefen Stiefelabsätzen, den
gefälteten Überröcken, mit den groben Filzjacken und
vollem Rucksack kam das Freiluftangebot auf der Hüssy
Terrasse entgegen. Die groben Bauele-Plunder passten
überhaupt nicht in die noble Jugendstil-Villa der Hüssy.

Dennoch kam Fanny Hüssy auf die Terrasse und grüßte
die Frauen. Sie war neugierig, wie sich diese Landfrauen
in der Stadt aufführten. Denn Steffane hatte „sauglatti
Schnöök un Schnitz" von ihrem „Hotze-Chlapf verzellt".
Für Pauline war Frau Hüssy eine faszinierende Frau. Sie
hegte aber Verdacht, daß des Lehrers Kulturkampf noch
nicht überwunden sei. Der Kaplan hatte gewarnt, daß
der Leibhaftige sich um das Münster herumtreibe. Auch
Häresie und die Protestanten. Dennoch freute sie sich,
daß ihre Schwester so zufrieden war. Das „Abekeie"
hatte Steffane wieder die Freude am Leben verschafft.

Der Kaplan im Regen

Der Landregen wollte nicht aufhören. Er strömte vom Himmel, als ob die grauen Wolken ausregnen wollten. Richard kontrollierte das Strohdach auf Fehlstellen der Halme, denn das Unterdach zeigte schon Wasserflecken.

Paulines Gäste saßen in der trockenen Stube. Sie hatte zu einer „Schtubete" eingeladen. Eine Nachbarin griff in die Saiten ihrer Zither und begleitete Lieder wie etwa: „Im schönsten Wiesengrunde und In Mueders Stübeli, do goht e mh. mh. mh. D' Nochbere un ihri gischplige Zwuggeli" sangen laut mit. Auch Richard und der Lehrer brummten im Bass. Pauline hatte eine sonore Stimme. Steffanes heller Sopran war weg. Die Schwester fehlte auch in der Küche und im Haushalt. Denn kochen und backen konnte sie viel besser als die jüngere Pauline.

Es gab „Ziebelewaie". Frisch aus dem Ofen. Die Männer tranken den Markgräfler Gutedel. Anna hatte ihn beim letzten Besuch mitgebracht. Dann zündete sich Richard sein „Tubakspfifli" an und rauchte seinen Knastertabak. Der Lehrer thronte mit Richard auf der Ofenbank und kommentierte die Themen der Frauen von oben herab. Die „Wieber" griffen zur „Strickete und zur Stickerei". Sie nahmen die Masche auf und fädelten die Garnfäden ein. Zum „Socke stricke, Seelewärmer naije oder Händ'sche für d' Chinder un für d' Familie an de Wiehnacht". Denn „die chalte Winterdäg chäme bald nach em Schpötlig".

Pauline fragte nach den altbewährten Rezepten für die Weihnachtsbäckerei. Den Hefezopf beherrschte sie gut. Doch eine Linzertorte oder Mailänder backen, wagte sie noch nicht. Deswegen fragte sie die Nachbarinnen nach den Rezepten für die „Brötli"; nach den Zutaten und der Rezeptur für Hilda-Brötli, Zimtsterne, Lebkuchen und für die „Springerli". Eine erfahrene Nachbarin schmunzelte: Dann „lueg'sch mer am beschte über d' Schultere, wenn i wieder an's Bache gang". Denn die Linzertorte mußte Wochen vor dem Fest gebacken werden und nachreifen. Die Anis-Springerli sollten unbedingt „feschti Füßli ha".

Die Stubentüre öffnete sich, und weitere junge Männer kamen zur „Schtubete" herein. Sie brachten Nachschub mit: Eine unbekannte Biersorte, die man jetzt im neuen Kolonialwarenladen kaufen konnte. Richard erkundigte sich, welche Art von "usländisch Züg" man kaufen kann.

„Alles us de Kolonie, was es bi uns no nit git. Au ganzi Blechbüchse, un sell ander scharf Züg wie de Pfeffer, wie Chili oder Kardamom, un d' Nägeli oder selle süß Kakao" antworteten die Burschen auf Fragen. „Vo de Kolonie, us Kamerun, vo Togo, vo Sansibar un dem Dütsch-Südwest. Vo de Herero un d' schwarzi Schtotteri. Die schnalze un klickse wie d'Vögel, wenn sie öbbis mit uns schwätze. Sie heiße *Nama* oder au *Hotzetotze*. Mengi heiße au d'*Khoi*, un sin dört, wo d' Kanoneboot in d' Lüderitzbucht fahre. Un an de Walfischbai, wo amel de Engländer g'hört het. Die hen si für hundert englischi Pfund und zweihundert alti Gwehr vo de Engländer ramisiert. Dört het's battet„.

Der Lehrer begann von neuen deutschen Kolonien zu erzählen. Die Herero seien große Rinderzüchter und sie hätten ebenfalls die Rinderkrankheit in den Beständen. Doch dort sei die Seuche auch überstanden, obwohl sie keinen heiligen Wendelinus kennen, zu dem man beten könne, wenn das Herero-Vieh an der Seuche sterbe wie im Hotzenwald. Das sollte sich „au de Kaplan" anhören.

Dann zeigte er auf die Bierflaschen der Nachbarn und sagte „es git au dütsches Bier vo Tschingtau". Denn im japanisch- chinesischen Krieg habe das Kaiserreich auf der Halbinsel Shandong eine Kolonie von den Chinesen gepachtet. Man wolle den Russen gefällig sein, sagte er.

Richard mischte sich ein und bruttelte mulmig „s'gfallt mer gar nit, daß de Kaiser numme no Propaganda für d' Marine macht". Denn der Beschluß im Reichstag sei ein gigantisches Rüstungsprogramm gegen diese Engländer. „Des klöpft bald wieder. Dann hetze sie ihre Schiff mit de Matrose im Seekrieg in de Nordsee un in de irische See wieder uf' enander", kommentierte er die Weltpolitik des Deutschen Reiches. Er könne keinen Vorteil in den Kolonien erkennen, den Kaiser Wilhelm stets verkünde.

Die Stubentüre öffnete sich erneut, und der Kaplan trat ein. Von seiner Hutkrempe flossen himmlische Rinnsale. Seine Soutane war durchnässt, und die violetten Knöpfe leuchteten wie die lila Farben der Karwoche. Er scheute sich, seinen tropfnassen Habit abzulegen. Pauline freute sich, daß er zur „Schtubete" gekommen war und setzte ihn zwischen die Frauen am Tisch. Möglichst weit vom

Lehrer, der die Weinflaschen zur Seite schieben wollte und meckerte: „Z' esse kriegt er, aber vo mir kei Schluck me. Weder Bier no Wii. De het selber g'nueg Messwii".

Doch Pauline schenkte dem Kaplan ein Glas Wein ein. Die Zither-Spielerin fragte ihn nach seinem Lieblingslied. Sie wollte es nach seinem Wunsch allein für ihn singen. Die Stubenrunde hatte eher einen Liedwunsch wie etwa „Wem Gott will rechte Gunst erweisen" erwartet. Doch der Kaplan wünschte sich nun „Das schönste Blümlein auf der Welt, das ist das Edelweiß", und blickte in die Stube, um Pauline verklärt anzusehen. Dann setzte er den Liedvers fort: „Es blüht versteckt auf steiler Höh"! Mit direktem Blick trug er dann Lobpreisungen aus dem „Hohelied" von König Salomon vor *„Wie eine Rose unter den Dornen ist meine Freundin unter den Töchtern"*. Der Lehrer runzelte die Stirn, verdrehte die Augen und sagte „jetzt nimmt er no eini vo dene Wieber in de Arm. Un z' Nacht haut er sich d' Geißle über de Rucke un druckt sich Dörn' in d'Ärm „. Er sah die stieren Augen des Kaplans.

Dann zitierte der bibelkundige Lehrer seine Lobpreisung aus dem Hohe Lied Salomon: *„Wie ein Apfelbaum unter den wilden Bäumen ist mein Freund unter den Söhnen"*. Damit meinte er den Apfelbaum an Richards Giebelseite. Das Salpeterer Symbol in ihrem langen Freiheitskampf.

Der mißmutig gewordene Dorflehrer trank dann einen ordentlichen Schluck Wein und brachte revolutionäre Töne in die traute Runde. Er verlangte, das Heckerlied anzustimmen. Das Lied vom Badischen Freiheitskampf.

Er träumte immer noch von Heckers 1848-er Republik. Wie ehemals als Präparand im Seminar in Meersburg am Bodensee; der Keimzelle für aufständische Gefolgsleute. Von der Sehnsucht nach Demokratie, die einst Hecker, Herwegh und Struve im legendären Heckerzug suchten. Tief in seinem Lehrerherz grollte der liberale Aufklärer immer noch, daß die badische Revolution im Jahre 1848 von preussischen und hessichen Regierungstruppen an der Scheideck bei Kandern niedergeschmettert wurde.

Der Adel und die Pfaffen hatten sich erneut behauptet. Deswegen wollte der Lehrer dem Kaplan heute Wasser in seinen Messwein gießen und einen provokanten Vers zitieren: *„An den Darm der Pfaffen hängt den Edelmann"* trug er markig vor. Denn er wollte Freiheit und liebte die alten Revolutionsgesänge, die er mit lauter Stimme sang: *„Fürstenblut muß fließen, knüppelhageldick und daraus ersprießen die freie Republik"*. Blut und Mut kochte über. Er sang beherzt das Heckerlied und wiederholte Heckers Refrain: *„Er hängt an keinem Baume, er hängt an keinem Strick. Er hängt nur an dem Traume der freien Republik"*.

Es war plötzlich „mucks-müslistill" bei der „Schtubete". Die Frauen erbleichten und blickten hilflos zum Kaplan. Der Kaplan stand schnell auf, zog seinen Hut ins Gesicht und verließ sprachlos und auch grußlos den Keller-Hof. Als er aus dem Haus trat, fielen die Regentropfen immer noch vom Himmel. Aber Josef Motsch hoffte inständig, daß ihn sein Himmelszelt von Äußerlichkeiten der Welt abschirme. Obwohl der Kaplan im Regen stand, konnte ihn nichts anfechten. Er floh in die Wendelinus-Kapelle.

Die Modernisierung des Hofs

Pauline bewirtschaftete den Keller-Hof viel besser als ihr Vater. Sie entwarf neue Pläne, wo sie Äcker und Wiesen durch den gezielten Fruchtwechsel intensivieren konnte. Zur besseren Bewirtschaftung wollte sie einzelne Äcker und Wiesen vereinen und mit ihren Nachbarn tauschen.

Die kleinere Familie benötigte nach dem „Abekeie" von Anna und Steffane weniger Getreide, Kartoffeln, Fleisch und Obst. Die Äpfel, Birnen und Zwetschgen kamen nun viel häufiger ins Brenngeschirr. Das erfreute den Vater. Für Richard wurde nun bedeutend, wo er gutes Obst für den Bräntz und den Most beschaffen konnte, denn der Erfolg beim Brennen im Brenngeschirr erforderte nicht nur die eigene Erfahrung, sondern auch eine besondere Obstqualität, über die er nicht in jedem Jahr verfügte.

Der Lehrer lag Richard in den Ohren, daß er Pauline an den Wehrer Vorträgen des Bund der Landwirte, d'BdL, teilnehmen lassen soll. Frauen wie Pauline müßten sich in den neuen landwirtschaftlichen Themen fortbilden. Die Tierzucht, die Düngung, die Intensivierung oder auch die Extensivierung der Betriebe könne man dort lernen. Auch das gemeinschaftliche Einkaufen von Dünger, von Stickstoff und Phosphor, sei wesentlich besser möglich. Der Chemiker Haber und der Industrielle Bosch würden technische Verfahren entwickeln, wie man künstlichen Dünger herstellt. Da entstehe neuer Ammoniak, der die Bodenfruchtbarkeit verbessere. Über Phosphordüngung und Professor Liebig hatte er Pauline „jo scho verzellt".

Pauline berechnete ihren eigenen Bedarf der Versorgung an Fleisch, Wurst, Speck, Kartoffeln, Gemüse und Salat für Vater Richard und sich selbst. Dann kalkulierte sie die Anbauchancen auf den eigenen verfügbaren Hofflächen. Der Hof besaß zweieinhalb Hektar Fläche für die Wiesen und für Getreide am Bühl. Dazu kamen knapp ein Hektar feuchte Wiesen am Drillenbach, die im unteren Bereich zu naß waren, um sie zu bewirtschaften. Das Pfeifengras holten sie zur Einstreu im Kuhstall. Stroh für die Pfühle.

Fast vergessen waren zwei Grundstücke im Nachbarort Segeten, die ihrer verstorbenen Mutter gehört hatten. Diese Grundstücke wollte sie tauschen, weil sie zu weit entfernt vom Hof lagen. Im Besitz hatte sie auch noch drei kleine Waldparzellen für die Brennholzversorgung.

Der Lehrer half ihr beim Kalkulieren der Erträge und der Kosten. „Pauline, du muesch mehr Fleisch verchaufe „ , ermunterte er die junge Bäurin. „Wenn du Chalbfleisch über de Metzger in Wehr a' biete chasch, hesch du mehr verdient als die Tuchputzmaidli in de neue Textilfabrik„. Denn eine tüchtige Weberin am Webstuhl bei Neflin & Rupp könne im Jahr etwa 500 Mark in Wehr verdienen. Für ein Pfund gutes Kalbfleisch bekomme sie im Rheintal knapp eine Mark, wenn sie es auf dem Markt verkaufe. Man verbrauche größere Mengen Fleisch in den Städten, denn die Bevölkerung nehme mit der Industrie stark zu. Pauline kalkulierte Verkaufspreise für ein Vorderwälder Rind und für ein Kalb. Dann begann sie freudig zu lachen. Im Stall hatte Pauline genügend Platz für mehrere Kühe. Sie besaß einen Zugochsen, zwei Vorderwälder Rinder für Milch und Fleisch, die geschenkte Jungkuh für das Pensionsvieh, zwei Hausschweine und fünf Hühner für die Eier. Die junge Bäuerin wollte einen zweiten Ochsen als Zugtier und noch ein paar Schweine anschaffen.

Schweinezucht war leichter, als mehrere Rinder halten, für deren Futterbedarf sie viel zu wenig Grünland besaß. Sie mußte das Wiesenwachstum steigern, was viel mehr Mist und Dünger erforderte. Die sumpfigen Flächen am Drillenbach wollte sie entwässern. Richard zeigte ihr die alten Entwässerungsgräben. Sie schaufelte Rinnsale frei.

Bereits im dritten Jahr konnte sie den Futterertrag auf den Pfeifengraswiesen steigern. Darauf richtete Pauline ein Drainage System auf ihrem versumpften Wiesenteil ein. Dadurch taute der Schnee im Frühjahr schneller ab, und der Nährstoffeintrag stieg durch die Zuführung des Wassers auf der Wiese an. Der Drillenbach zog durch die Entwässerung das Wasser aus den versumpften Matten. Blutweiderich, Beinwell und die Pestwurz wichen zurück.

Beim Getreideanbau hielt sich die Jungbäuerin an die Dreifelderwirtschaft, die vom Verband empfohlen war. Die Brachflächen wurden mit Rotklee oder auch mit Kartoffeln bestückt, die sie für die Schweinemast gut gebrauchen konnte. Damit erzeugte die Bäuerin mehr, als sie für die Selbstversorgung benötigt hatte. Pauline brachte nun auch ihr Schweinefleisch auf den Markt.

Ihre Erfahrung verschaffte ihr größeres Selbstvertrauen. Sie schwätzte gern mit den Leuten im Dorf. Die Keller-

Bäuerin war mit ihrer kleinen Landwirtschaft zufrieden. Sie war in ihrer heilen Heimat glücklich. Vater Richard lobte seine Tochter über den grünen Klee. Jedenfalls war er nicht mehr allzu griesgrämig, als er den erhofften Plan seiner jüngsten Tochter Pauline in Erfüllung gehen sah.

Pauline hatte den Hof durch Fortbildung und Beratung des Bauernverbands mit Mühe auf Vorderfrau gebracht. Bei der Feldarbeit und der Holzhauerei benahm sie sich zupackend und palaverte burschikos wie ein Mannsbild. Das konnte sie sich bei ihrem muskulösen Körper leisten. Sie mußte keinen Kräftevergleich mit Burschen scheuen. Doch in ihrem Seelenleben war sie überaus zart besaitet.

Das Erntedankfest war im Oktober des Jahres 1898 nach der guten Ernte besonders schön. Pauline sah von der Empore der Kirche auf den Gabentisch, der mit Getreide, Feldfrüchten und Obst vor dem Altar aufgebaut war. Sie freute sich, daß ihre Erntegaben auf dem Tisch standen. Sie hatte ein reifes Ährenbündel auf dem Acker stehen lassen, um es erst zu ernten, wenn es goldgelb leuchtet.

Der Kaplan predigte als Konzelebrant in der Messe aus dem Hohelied Salomon: „Deine Gewächse sind wie ein Lustgarten der Granatäpfel, von Weihrauch und Myrrhe. Meine Schwester, liebe Braut, du bist ein versiegelter Born und eine verschlossene Quelle". Pauline sah wieder züngelnde Flammen um den Kopf ihres Kaplans kreisen, die wie Stern am Himmelszelt weiterwanderten. Seine Stimme sprach leise „Fürchte dich nicht, du bist mein"!

Der Stachel im Fleisch

Die Jungfrau war für den Kaplan stets eine Versuchung.
„Und führe mich nicht in Versuchung" hatte sie Motsch
im Kommunionsunterricht vor den Todsünden gewarnt.
Der geschwänzte Satan und der bocksfüßige Satyr säßen
unsichtbar am Weihwasserbecken. Nur der Weihrauch,
die Askese, die Kasteiung und das Gebet vertrieben ihn.
Manchmal schnitt der Seelsorger grässliche Grimassen,
daß das Blut seiner anbefohlenen Kinder in eine hitzige
Wallung geriet. Als ob der Leibhaftige selbst erschiene.

Die Kinder blickten den Kaplan, ihren Religionslehrer,
mit großen Augen an, wenn er mit sanfter Berührung
ihre Hände über die Bibel legte, um ihnen dieses Buch
der Bücher ans Herz zu legen. Die Berührung fasste ihn
bei Pauline besonders fest an, denn das Kind hatte seine
Mutter und Schwester durch die Russengrippe verloren.
Die Sehnsucht nach Geborgenheit war ihr in das Gesicht
geschrieben. Motsch grämte sich. Er versuchte das arme
Kind zu umarmen, um barmherzigen Trost zu spenden.
Paulines melancholischer Blick und ihre verzweifelten
Tränen bewogen ihn, das Mädchen an der Wange zu
berühren und ihre Kinderseele zu streicheln. Vielleicht
war diese Berührung schon zu viel für Paulines Seele.
Denn er berührte die Halbwaise in ihrer Suche nach
Geborgenheit, die ihr seit dem Tod der Mutter fehlte.

Wenn das Mädchen dem Kaplan zufällig am Waldrand
oder an einem struppigen Gebüsch begegnete, begrüßte
sie den jungen Geistlichen mit Freude und Herzlichkeit.

„Herr Kaplan, probiere sie e'mol mieni Himbeeri und die Brombeeri im mie'm Beeri-Chratte". Wenn sie die reifen, schwarzen Holunderblüten „vo de Hürscht günn't het" rief sie laut „d' Steffane bacht hüt chnuschprigi Holunder Chüchli im faiße Hafe. Chöme si grad mit mir mit heim".

Der Kaplan begleitete Pauline, wie der fromme Wolf das Lämmlein, wenn sie an den Mooren der Freiwaldkapelle und am trügerischen Sumpf im Kirchspielwald die roten Moosbeeren und Rauschbeeren für süßes Mus pflückte. Dabei zeigten Paulines heidelbeerfarbige Zunge und ihr violetter Brombeermund, welche Früchte sie sammelte. Der Kaplan freute sich an farbenfrohen Blüten im Moor. Dazu zählten der rot blühende Sonnentau, der weiße Fieberklee, das weiße Sumpfherzblatt, silbern Wollgras und Paulines Beerenmund „biem Günne in de Hürscht".

Das halbwüchsige Kind hielt sich vor dem Gottesdienst liebend gern in der Sakristei auf. Dabei verströmte sie ihren herben Baumharzduft und den feinen Rosenölduft; Jahre später leichten Parfümdunst von Kölnisch Wasser. Wenn sie am frühen Morgen den Gottesdienst besuchte, packte den Kaplan die Versuchung, denn ihr Duft und die weiblichen Lenden der muskulösen jungen Frau reizten den jungen Priester wie der betörende Anblick der Lust.

Die Wohllust peinigte ihn wie ein sündiger Stachel im rohen Fleisch. Er legte das Bußband fast jeden Tag eine Stunde an seinen Oberarm und zog das Stachelband enger, wenn ihn die Qualen übermannten. Für jeden Gedanken fügte ihm das Stachelband neuen Schmerz zu.

Doch im Beichtstuhl hörte er nur ihre lässlichen Sünden, denn sie führte ein gottgefälliges, frommes Leben, ohne sich dem ausschweifenden Laster der Lust auszusetzen. Trotzdem forschte sie der Kaplan mit inquisitorischem Eifer aus und beobachtete sie, wenn es ihm bei seinem Seelsorger Dienst und bei seinen Wegen im Dorf passte.

Sie trieb das Ochsengespann beim Pflügen mit samtiger, weicher Stimme an. Sie drehte ihren Oberkörper beim Grasmähen wie eine biegsame Stahlfeder. Sie schritt im wiegenden Gang zum Säen über ihren Acker. Sie warf die Garben mit einem leichten Hüftschwung auf ihren Heuwagen, wenn die Sommerhitze nur ein hauchdünnes Leibchen und den Strohhut erforderte. Sie saß auf dem Melkschemel und molk die Kuhmilch in den Eimer, die im typischen Melkgeräusch die tägliche Molke hergab. Sie schaufelte den Kuhmist auf den Karren und schob ihn hinaus. Sie stieg auf die Baumleiter hoch, bis ihre langen Beine unter dem Kleid hervorkamen. Sie beugte sich tief, um Nüsse sammeln oder Kartoffeln aufzulesen; mit der Brust zum Boden, während ihre gespreizten Beine mit Rumpf und Becken einen Bogen bildeten. Dabei sprang ihr Zopf wie eine hellbraune Quaste ums Gesicht herum. Sie sang und pfiff mit gespitzten Lippen und alberte mit den Burschen auf den Matten herum. Bei der Arbeit ging sie nie auf die Knie. Denn sie kniete nur in ihrer Kirche.

Derartige Bilder gingen dem Priester durch seine Sinne, wenn er den befreienden Satz zu Pauline sprach „ego te absolvo". Dabei erbat er für sich selbst *absolve domine*, um die eigene Geißelung zu umgehen, denn das strenge

„confiteor und *indulgentiam"*, die Kirchen Kurzformel für das liturgische Flagellantentum, straften ihn schmerzlich. Pauline blieb in ihrer Naivität der unverdorbenen Seele das Objekt eines irdischen Subjekts, das immer nur die göttliche Gnade und die urchristliche Liebe verkündete.

Josef Motsch, der missionierende und eifernde Kaplan, kannte von seiner Theologie die zweiseitige Form der Liebe. Das waren die *„caritas"*, die sorgende Liebe, und deren Kehrseite, der *„eros"*, die Raserei erotisierender, enthemmter Triebe. Seine Gefühle übermannten ihn.

Pauline kannte weder die griechische Gottheit *eros*, das Kind der Armut und des Begehrens, noch wußte sie, daß der *eros* immer das Schöne und Gute versuchen wollte. Wenn sie die Augen des Kaplans sah, erblickte sie nur göttliches Heil, Barmherzigkeit und die Nächstenliebe.

Er hingegen sah in ihrem Gesicht die braunen Augen und ihren geflochtenen Zopf. Seine Zeiten auf dem Keller-Hof häuften sich. Dann trank er einen „Zigorie"-Muckefuck, einen „Bräntz" oder eine Schluck Bier mit dem Vater, der seine Nähe zu Pauline mit kritischem Blick verfolgt hatte.

In der Kirchengemeinde, im Dorf und in den Feldfluren wurde das Himmelspaar zum bitteren, bösen Gespött, obwohl kein ernster Vorwurf jemals zugetroffen hätte.

„Schöni Auge het sie im Kaplan scho als Maidli g'macht" spotteten sogleich die neidischen Frauen. „E Huusere wär sie scho gern worde, aber no lieber wär sie vor sie

Bett g'lege, und hätt'm ihre Himmelsleiter vorg'führt",
lästerten die bösen Schandmäuler. Die losen Zungen
setzten mit einem hämischen Grinsen das Gerücht in die
Welt, daß nur der Gemeindefarren oder der Kaplan bei
Pauline einziehen werde. Die bösen Sätze häuften sich.

Denn es war offensichtlich, daß Pauline die respektablen
Verehrer oft mit konsequenter Sturheit abgelehnt hatte.
Von einem Galan erzählte man, daß sie diesem nach der
Chilbi die Mistgabel über den Kopf geschlagen habe, als
sie der affengeile Bock auf den Stallboden werfen wollte.
Der hatte „de Tschobe scho an'd Fuederrendle g'hängt".
Doch Paulines „Mords-Chlapf" verschaffte dem „grusige
Schlurbi" trotz der Pelzkappe „e blutige Scheitel. Un er
het scho alli Schternli g'seh", gifteten die Betschwestern.
Es gäbe „öbbe nur de sell" im Pfarrhaus, von dem man
glaube, daß er Pauline weiter drangsaliere, bis der Teufel
die junge Hexe „un au de sell" miteinander holen werde.

Solche üblen Anschuldigungen und auch Hexengerüchte
mußte der besorgte Schulmeister anhören. Der Lehrer
erzählte dem Vater bei einigen Krügen Starkbier von den
Gerüchten, die wie Glockenschläge durchs Dorf tönten.
Richards Gesicht bekam Sorgenfalten und er legte erbost
„si Pfifli uf'd' Site". Plötzlich donnerte er los „Himmel-
Herrgott-Sakrament, none mol „und steigerte sich mit
jedem „Gopferdori" in einen gerechten Himmelszorn.
Dann brüllte er dem Lehrer zu „mach endlich öbbis! Das
Maidli het's nit verdient, daß sich jede d'Händ ab'butzt
wie am e Butzlumpe" und setzte seine Fluchorgie fort.

Die benediktinische Demutstreppe

Der Kaplan hatte Pauline als heranwachsendes Mädchen überredet, beim Marianischen Liebesbund einzutreten. Eine fromme Gruppierung des Säckinger Frauenklosters, die als Herz Jesu Apostolat auf dem Wald verbreitet war. In gleicher Weise gewann der Geistliche die Jungfrau für den Jungfrauenbund, eine Kongregation, die bereits im Jahr 1840 gegründet und nach dem Vorbild der Jungfrau und Gottesmutter Maria die Unschuld und Reinlichkeit durch die Gebete und die Sakramente bewahren sollte. Von den Mitgliedern wurde deren Jungfräulichkeit, ein gottgefälliges, tugendhaftes Leben eingefordert und die Mitwirkung an kirchlichen Feiertagen sowie festgelegten Betstunden an bestimmten Tagen. Der jeweilige Pfarrer hatte die geistliche Aufsicht in den örtlichen Pfarreien.

Zu diesem Zweck führte der Kaplan sehr ernste geistliche Gespräche mit Pauline und wollte, daß sie in der Demut in ein Benediktiner Kloster eintreten solle. Denn Paulines Hoffart, Stolz, Eitelkeit müsse er Todsünden nennen. Nur die die ewige Anbetung würde ihre sündige Seele retten.

Mit quälenden Fragen zu den Mannsbildern trieb er sie in die Enge: Warum sie Burschen oder Männer in ihrem Leben zurückweise. Die Ehe sei das kirchliche Verhältnis von Mann und Frau. Es zeuge von Überheblichkeit, wenn sie auf andere Leute herabsehe. Er müsse ihr die Demut ans Herz legen, denn sie folge dem Leibhaftigen, ja dem „Belzebub" anstelle Jesus Christus nach, wenn sie nicht als Nonne in eine Klostergemeinschaft eintreten werde.

Mit derartigen Beschuldigungen verkannte der Priester offensichtlich die Wahrheit, denn Pauline sah in Josef Motsch das Gesicht Gottes. Er war in seiner Eitelkeit, in seinem Eifer und in seiner Eigensucht nicht in der Lage, ihre vermeintliche Verführung als Trugbild zu entlarven.

Der Geistliche wies diese hochmütige Mädchenseele mit stechendem Blick auf den Belzebub hin, indem er ihr als Buße für ihre sündige Ausstrahlung die Demutsübungen einer Benediktinernonne auferlegte. Pauline soll auf der Demutstreppe in Selbsterniedrigung absteigen bis sie zu einem Nichts werde, das den eigenen Willen verleugne.

Mit Furcht und Zittern beginne das Absteigen auf der Demutsleiter durch innere Unterwerfung und Absage an den eigenen Willen und dem Geständnis der bösen und niedrigen Regungen bis sie sich nicht mehr als Mensch, sondern als Wurm im Staub erfahre könne. Der irre Blick des Kaplans versetzte die junge Frau in höllische Qualen.

Paulines Augen wurden immer trauriger. Als der Kaplan ihr in einer weiteren Bußbeichte den Verzicht auf frohes Lachen und lustiges Reden androhte, brach sie in Tränen aus und fiel in Ohnmacht. Mit der Bußandrohung hatte der Kaplan die Höllenangst vor dem Fegefeuer entfacht.

Pauline flüchtete aus der Herrischrieder Kirche. Sie floh in tiefer Seelennot in die Wendelin-Kapelle und betete. Ab diesem Tag vermied sie den Kontakt mit dem Kaplan Josef Motsch. Sie wollte ihn nie mehr anblicken müssen.

Denn er zeigte ihr nicht mehr das lieb gewordene Antlitz Gottes, sondern gebärdete sich wie ein Getriebener. Mit maskuliner Macht wollte er Paulines Seele beherrschen.

Darauf schaltete sich der Lehrer ein, der nicht weiter ansehen konnte, was dieser klerikale Antimodernist der frommen Frau angetan hatte. Er bezichtigte den Kaplan der häufigen Widerrede gegen den „Kanzelparagrafen" und lieferte ihn damit der Nachforschung der Polizei aus.

Nach einem Jahr verließ Kaplan Motsch den Hotzenwald und lebte nun als Benediktinermönch im Kloster Beuron. Über die Kulturkampfzeit hatten die Mönche das Kloster Beuron verlassen müssen. Nach dem Jahr 1887 kehrten die Benediktiner ins Kloster zurück, da Beuron nach dem Kulturkampf zur hohen Erzabtei erhoben worden war. Der Kaplan wurde im Hotzenwald nicht mehr gesehen, denn er hatte als Benediktiner das spirituelle Leben der Demut gefunden. Der Seelsorger hatte im Kloster seine *vita activa* zugunsten der *vita contemplativa* getauscht.

Die klerikale Heilserzwingung und Paulines Angst auf der benediktinischen Demutstreppe waren endlich beendet. Die fünfte Prophezeiung Jeremias klang noch in Paulines Ohren, als sie in die Wendelinus-Kapelle zum Kreuzweg-Stationen Gebet ging. *„Du hast mich betört, o Herr, und ich ließ mich betören. Zum Gespött bin ich geworden den ganzen Tag, ein jeder verhöhnt mich"* beklagte sie ihren Seelenschmerz. Sie wollte wieder lachen und schwätzen. Sie fand zurück zu ihrer anerzogenen Volksfrömmigkeit.

Im Licht der Liebe

Nicht das städtische Leben der Schwester Anna in Basel; nicht die Auswanderung in die neue amerikanische Welt, wie ihre Schwester Steffane, zogen Pauline in den Bann. Sie wollte als Bäuerin im heimischen Hotzenwald leben.

Das Gebet vor dem Wendelinus-Hochaltar und seinem Hirtenstab für die Schafe und Rinder zwischen barocken Säulen brachte Pauline neue Kraft zurück. Sie hoffte auf den Schutz des Heiligen bei ihren inständigen Gebeten.

Das Morgenlicht flutete durch die beide Fensterrosetten in das kleine Gotteshaus. Links und rechts des Altarbilds strömten die Glasfenster mit dem heiligen Herz Christi die goldenen Flammen der Liebe aus. Das blutrote, das durchbohrte und dornenbekränzte Herz Jesu leuchtete im Morgenlicht. Aus der Mitte zum Bildrand hin nahm die Strahlkraft der strömenden Herzensglut mit kleinen christlichen Kreuzen in blauen und violetten Kreisen ab.

Das Licht beider Herz Jesu Rosetten wurde zu Paulines Kraftquelle für die tägliche Arbeit und für den Frieden in ihrer Brust. Die christliche Verklärung der Bildersprache des Heiligsten Herz Jesu gaben ihr neue Glaubensstärke. Sie konnte das Traumgesicht der Himmelsleiter jeden Morgen in tiefer christlicher Anbetung erneut erblicken. Sie fühlte sich groß genug, auf Zehenspitzen zu wandeln. Unmittelbar beim Schutzengel auf der Himmelsleiter. In der gläubigen Lebenssphäre, die auf den Leiterstufen im Heil hoch nach oben und tief nach unten führen konnte.

Herz Jesu Rosette in der Wendelinus Kapelle

Steffanes Neue Welt

Mit der Reiseeinladung für Steffane kam im Jahr 1901 der ersehnte Brief von Tante Frosine aus Philadelphia. Steffane war an diesem Tag beim Festzug am Bahnhof Laufenburg, wo die Badische Großherzogin Luise zum Besuch bei der „Madame Codmann", der Laufenburger Schlößli-Madame, wie man sie nannte, eingetroffen war.

Frosine kündigte nun für Steffane eine Schiffspassage auf dem größten Passagierdampfer der Hamburg-New York-Linie an. Die Hamburg-Amerikanische-Paket-Fahrt-Gesellschaft betrieb diese Linie für Auswanderer nach Pennsylvanien mit dem gleichnamigen Ozeandampfer, der für die Atlantik Überfahrt seit 1897 in den Dienst gestellt war. Steffane sollte in der ersten Klasse reisen. Der „Ätti" mußte bestätigen, daß seine Steffane wirklich ausreisen wolle. Dann kaufe Frosi das Schiffs-Billett und lasse Steffane nach der Ankunft in New York bei einer „zuverlässigen Familie" von ihrem Sohn Roby abholen. Um lauernde Gefahren für eine unerfahrenes Mädchen zu vermeiden, werde sie die I. Klasse buchen und bei der Einwanderer Station „Ellis Island" auch Vorsorge treffen, daß Steffane „kei'm Muusfalle-Cheip" in die Arme läuft.

Die MS Pensylvania war mit 176 Meter Länge und über 18 Meter Breite ein riesiger Ozeandampfer, der mit 5400 PS und 250 Mann Besatzung den Atlantik innerhalb einer Woche überqueren konnte. Mit zwei Schiffsschrauben war dieser Kohledampfer nicht mehr mit dem Segelschiff vergleichbar, mit dem Tante Frosi mit 559 Herrischrieder

Auswanderern fünfzig Jahre zuvor dahin reisen konnte. Sie hatte bei der Ankunft Pech, da sie auf einen üblen Halsabschneider reingefallen war. Er beutete das junge Mädchen schäbig aus. Doch die Heilsarmee half Frosine.

Dann war ihr das Glück in „Philly" hold. Im „Deitschen Städtel Germantown" lebte sie in einer Quäkerfamilie. Die Pfälzer Auswanderer waren im siebenjährigen Krieg angekommen und hatten in Philly einen Textilienhandel gegründet. Frosine bekam bald einen Sohn und eine Tochter. Sie fühlte sich in dieser deutschen Familie wohl.

Steffane kam, um Abschied vom Vater zu nehmen noch einmal nach Hause. Sie speicherte die Hotzenwälder Landschaft wie ein Bild in ihrem Gedächtnis. Denn sie glaubte, daß sie die luftigen Berge, den hohen Schnee, die Tannen im Schwarzwald und die vertrauten Leute nie mehr sehen werde. Vater Richard gab ihr einen Brief an seine Schwester Frosine mit auf die Reise. „Ich weiß, du muesch goh", sagte er dann zu Steffane. „D' Frosine het au goh mueße". Damit war für ihn alles gesagt. Er hätte sich kaum von seiner Heimat trennen können. Er fühlte sich seiner Vorfahren Herkunft viel zu stark verpflichtet.

Der Abschied in der Villa Hüssy in Säckingen und von der Dienstherrschaft fiel Steffane schwerer als sie dachte. Sie blickte noch einmal in ihre Kammer im Treppenhaus und packte den kleinen Reisekoffer. Fanny Hüssy gab ihr einen Glockenrock und ein Breitschwanz-Jackett, als sie erfuhr, daß ihr „Huusmaidli" in der I. Klasse über die See reisen werde. „Du muesch uf'm Schiff guet ag'leit sie".

Sie ermunterte Steffane „biem Suppiere und Diniere",
Fannys abgelegte, elegante Stadtkleidung zu tragen.

Die drei Hotzenwälder Schwestern feierten Abschied in
Annas Wohnung in Klein-Basel. Pauline argwöhnte, daß
Steffane bei den Quäkern auf religiöse Irrwege gerate.
Doch Steffane widersprach Paulines Vorbehalten. Auch
Quäker könnten ihre Arbeit mit dem Glauben vereinen.
Sie bräuchten keine katholischen Kleriker und keinen
liturgischen Ritus. Es gebe keine Erniedrigung wie hier.
Das eigene Gewissen und die Menschenwürde seien den
Protestanten wichtig. Die Gemeinschaft biete jedem der
Gläubigen das Licht Gottes mit eigener Erleuchtung an.
Damit war das Thema für die Schwestern ausdiskutiert.

Der persönliche Abschied mit einer kurzen, herzlichen
Umarmung am Badischen Bahnhof Basel galt für immer.
Anna trug ihre fesche Basler Stadtkleidung. Den modisch
linienbetonten Faltenrock mit einem Brustlatz. Pauline
trug ihre zottelige Wolljacke mit einem grau-karierten,
gefältelten Pluderrock. Steffane fuhr nun in ihre Neue
Welt, die schon als Kind auf dem armen Hotzenwälder
Bauernhof ihr sehnsüchtigster Traum im Leben war. Sie
lächelte glücklich, als sie in ihr Zugabteil nach Hamburg
einstieg. Der Ladeschaffner schleppte den Reisekoffer.

Steffanes Kleider glichen denen der reichen, mondänen
Amerikanerin Mary Codman, der Schlößle-Madame aus
Laufenburg. Die junge Frau kokettierte im Glockenrock
und Breitschwanz-Jackett der Madame Hüssy-Brunner;
mit deren Hut und Parapluis. Fast wie „d'Donna nobile".

Die Bräntz-Brenner

Pfarrer Kaiser und der Lehrer wollten die „Wälder" vom Schnaps abhalten. Sie sollten eher Bier trinken oder den französischen Roten oder weißen Rheinwein trinken, als den „Wälder-Bräntz". Aber Richards Brennereiprodukte schätzten beide, wenn er im Herbst das Brenngeschirr mit Maische füllte und sich dem Brennvorgang widmete. Richard hatte Erfahrung, wie man Branntwein brannte.

In diesem Jahr hatte er sehr gutes Obst für die Maische. Da er weniger Hungermäuler zu versorgen hatte, konnte er mehr Äpfel und Birnen in seinem Gärfaß einschlagen. Den Gärspund und die Hefe hatte er laufend im Blick, bis der Zucker und der Alkohol zum Destillieren ausreichte. Dann befeuerte er sein kupfernes Brenngeschirr. Darauf saß er Tage zum Destillieren mit dem Lehrer zusammen.

Es war ein schöner Oktobertag. Das Nebelmeer waberte im Rheintal umher. Die letzten Sonnenstrahlen wärmten die Bräntz-Brenner in der Laube. Ihre lockeren Gedanken schweiften kurzweilig über den Rhein zu den Jurabergen. Man brannte zur selben Uhrzeit auf den Jura-Höfen den Absinth aus der Wermut-Tinktur. Wo die Spelunken bei der ersten Dämmerung die Flaschen öffneten, und wo abendliche Zecher in einem kleinen, geschlitzen Absinth Löffel ein Stück Würfelzucker lösten, indem sie einzelne Wassertropfen in das milchige Glas abtropfen ließen. Es war die frühe Abendstunde, in der die lächelnde grüne Absinth-Fee ihr milchiges Getränk zum leisen spirituellen Geistesflug in die menschliche Gedankenwelt einflößte.

Richard hörte dem Lehrer gern zu, wenn er ihm die Alpengipfel der Schweizer Alpen, die Viertausender Bergspitzen, erklärte. Zuerst kämen im Westen das Matterhorn und der Mont Blanc, dann folgen der Eiger, Mönch und Jungfrau im Berner Oberland. Den Tiflis und die Blümlisalp sahen sie am Rand der Alpenkette liegen.

Schweigend saßen sie beim Destillieren, bis der Vorlauf zu tropfen begann. Richard stellte die „Bräntz-Guttere" unter sein Brenngeschirr, die den Branntwein auffing. Der Lehrer war begeistert, als er den milden Apfelbrand, das Hauptprodukt aus dem Brennkessel, probiert hatte. Er klopfte seinem Freund anerkennend auf die Schulter.

Je länger „die gluschtige Bräntz-Brenner" ausprobierten, desto „wermutiger" tanzte die benachbarte Alpenwelt. Sie hatten schon „g'nueg g'lade", als die grüne Absinth-Fee von den Jurabergen den Hotzenwälder Apfelbaum am alten Hausgiebel mehrfach küßte. Sie nahmen den Geist der grünen Dame in ihre „Bräntzduseleien" auf, bis die Gipfel und die Abgründe miteinander verschmolzen. Die Giganten der Alpen tanzten im Dunst des „süffigen Bräntz". Der Mönch legte den Arm um die Jungfrau und drehte mit einer Nonne stürmische Himmels-Pirouetten. Der Eiger tanzte Walzer und seine Nordwand bröckelte. Der Zauberstab der grünen Fee funkelte im Abendrot. Das bizarre Alpenglühen tauchte die Alpenspitzen in bunte Farben. Die grauen Felder überholten die weißen Gletscher. Die violetten und die roten Berggipfel lösten sich in der Dunkelheit auf, als die Brenner einschliefen. Das Brenngeschirr erkaltete. Die Berge kamen zur Ruhe.

Am nächsten Morgen fand Pauline ihre „sürmeligen Bräntz-Brenner no im Schöpfli" schnarchend im Schlaf. Sie schliefen ihren „Sarras" aus. Das Brenngeschirr, die kalte kupferne Destille, wartete auf den nächsten Brand. Pauline sah die gefüllten „Guttere Öpfelbrand, Kirsch, Biere-Geist un Pflümli", die Anna nach Basel mitnahm. Dafür bekam sie Weinflaschen und kratzfreie Wäsche in Basel, wenn sie mit der Schwester zum Einkaufen ging.

Denn seit Anna in die Wehrer Familie Büche geheiratet hatte, bekam Richard die Kirschkracher vom Dinkelberg, die ihm „amlig" auf den Hotzenwald gebracht wurden. Pauline hoffte, daß die guten Destillate auf dem Markt in Säckingen und in Schopfheim verkauft werden könnten. Es sei genug Bräntz für Richards eigenen Durst gebrannt worden. „Das mueß'em gluschtige Wälder-Süffel länge"!

Pauline pflegte ihren Bauerngarten mit innigster Freude. In den blühenden Blumen sah sie das himmlische Licht ebenso wie in den Rosettenfenster bei ihrem Frühgebet. Die Blütenpracht zeigte ihr das göttliche Heil, das sie in der Natur und bei ihrer Gartenkultur als Bäuerin suchte.

Gelbe Ringelblumen, blauer Eisenhut, lila Akelei und die aroma-grüne Minze eröffneten den bunten Farbreigen. Weiße Margeriten und bunte Zinnien leuchteten in ihren großen Blüten und lockten die Bienen und Hummeln an. Obst blühte bunter als der Hopfen, Reben und Wermut.

Aber Pauline träumte lieber von ihren Himmelsleitern, den Pfingstrosen und dem rot-schwarzen Klatschmohn.

Das Licht kommt auf den Wald

Im Jahr 1903 wurde im Hotzenwald die Genossenschaft für Kraftabsatz von den Textilunternehmern Bally, Kern und dem Basler Sarasin gegründet. Die hatten das Ziel, die Seidenbandweber im Hotzenwald mit elektrischem Strom in allen Gehöften zu versorgen. Der Hotzenwald wurde dabei eine der ersten elektrifizierten Berggegend.

Das Licht kam nun nicht nur am Tag vom Himmel oder abends vom brennenden „Kienspan" in den Hotzenwald. Es waren starke Veränderungen am Tag und durchs Jahr. Der Tag wurde verlängert. Die dunkle Nacht war kürzer. Neue elektrische Glühlampen brachten helles Licht in die Ställe und in die Stuben. In Paulines Haus brannten zwei Jahre später vier Glühlampen. Je eine in der Stube und in der Laube. Zwei brannten im Kuhstall und im Futtergang. Die Leitung im Stall bestand aus zwei einzeln isolierten Drähten auf vier Zentimeter hohen Porzellanisolatoren.

Die „Waldelektra", eine Stromerzeuger Genossenschaft, führte die Elektroleitungen auf Strommasten über den Wald von Dorf zu Dorf, von einen zum nächsten Gehöft. Mit dem elektrischen Strom konnten die Bauern und die Handwerker leichter arbeiten. Auch für Pauline brachte der Strom Erleichterungen. Die Elektrizität steigerte die Mechanisierung. Es gab Transmissionen mit Riemen und mit Rollen. Der Strom für Maschinen wurde mit Drähten an einer langen Stange in die Stromleitung eingehängt. Das Dreschen und die tägliche Zubereitung des Futters wurden einfacher. So konnte Pauline fast allein arbeiten.

Die Hoferweiterung

Seit Pauline die Verantwortung auf dem Keller-Hof trug, hatte sich die Versorgung mit Lebensmitteln verbessert. Im Rauchfang hingen Würste und halbe Speckseiten, wie es sich die hungernde Familie früher gewünscht hätte. Das Sauerkraut, die Kartoffeln und das Gemüse, das in der Bodenmiete eingelegt war, reichten auch im Winter.

Pauline plante ihre Grünlandwirtschaft nach dem Rat des Lehrers und der Empfehlung des Bauernverbands. Für die Höfe im Hotzenwald hatte der BdL je ein Viertel der Äcker mit Roggen und Hafer sowie drei Viertel Mahd auf den Grünlandwiesen für die Rindermast empfohlen. Der Keller-Hof konnte seine Milchwirtschaft verringern.

Ob Pauline Guano oder Chile-Salpeter zur Intensivierung ihrer Böden kaufen solle, diskutierte sie mit dem Lehrer. Beide Dünger kosteten Geld. Den Guano brachten die Schiffe von den Pinguininseln in den kolonialen Gefilden. Der Lehrer empfahl Pauline die Gründüngung. Denn die viehhaltenden Betriebe können den Klee, Ackerbohnen, Ölrettich, Senf oder Wicken auch als Viehfutter nutzen. Auch ihre Schwester Anna riet zur Gründüngung. Sie lese in Basel in Schriften vom Anthroposophen Rudolf Steiner in Dornach mit dem biologisch-dynamischen Landanbau. Der Stickstoffeintrag, die Beschattung der Böden und die Förderung der Bodenkrümel helfe den Bodenlebewesen. Ein gesunder Boden sei wichtig für den Ackerbau. Zudem müsse man dem Boden ausreichend Zeit für natürliche Entwicklung lassen. Für Fruchtfolge „muesch halt luege".

Die beiden Ochsen waren gute Zugtiere; kräftig gebaut, genügsam und pflegeleichter als Pferde. Sie zogen die Pflugschar kräftig durch die moorigen Böden und den beladenen Wagen zügig aus den nassen Wiesen heraus. Pauline konnte ihre beiden Rinder auf Fleischzuwachs trimmen. Denn für ihr Rindfleisch bekam sie mehr Geld. Der Händler brachte ihre Schlachttiere zur Metzgerei.

Die Bäuerin wollte ihren Stall auf fünf Kühe ausrichten, die sie mit den gepachteten Wiesen ernähren konnte. Sie bekam durch Vermittlung des Lehrers sechs Hektar Ödland im nahen Herrischwander Talboden, das lang nicht mehr genutzt war. Die nassen Wiesen setzte sie mit wasserzügigen Gräben zur Drainage neu in Stand. Mit Steckbrettern in den Stauwehrstellen dosierte sie täglich die Wasserzufuhr aus den schmalen Rinnsalen, auf denen der Hahnenfuß in der Strömung flutete und die gelben Sumpfdotterblumen im Frühjahr erblühten.

Pauline kultivierte die ehemaligen Riedmatten mit den Wuhren als Wässerwiesen und konnte ihren Ertrag in jedem Jahr steigern. Dabei war ihr die verbrachte Zeit, die sie an den Steckbrettern, an den Stellfallen oder im Stall aufwendete gleichgültig, denn sie arbeitete emsig an der Verbesserung der Drainagen. Dadurch konnte sie einige sumpfige und unzugängliche Matten aufwerten, die früher mit Hochstauden, wie dem weißen Mädesüß für die Braunkehlchen als Ansitzwarten gedient hatten. Der Lehrer hatte viel Freude an der gelehrigen Pauline.

Der Hotzenwälder Hörposten

Paulines Geschwätzigkeit, Leutseligkeit und Neugier im Dorf und in der Kirche waren für die Feuerversicherung in Basel eine Nachrichtenquelle, wenn es gebrannt hat. Denn die Brandversicherung, die der Basler Baurevisor, ihr Schwager, mit den Hotzenwälder Bauern vereinbart hatte, war für die meisten strohgedeckten Hotzenhäuser ein gutes Erneuerungsprogramm bei einem Blitzschlag.

Es gab aber auch Brandfälle, bei denen die ganze Familie abwesend war. Kurioserweise waren das große Vieh, die Habseligkeiten, Wagen und Gerätschaften oft gerettet, bevor das Feuer entstanden war. Einen solchen Betrug nannte man auch den „Hotzenblitz", der einen alten Hof mit dem Geldsegen der Versicherung erneuern konnte. Diese Brandstiftung kolportierte man auf dem Wald mit dem Spruch „Vadder, bring d' Cherze und zünd sie a, s' het scho dunderet". Mer mün vo üsem Huus abhaue, bevor uns ein sieht". Die alten Höfe brannten lichterloh.

Auch der Basler Feuerversicherung und dem Säckinger Bezirksamt waren solche Gerüchte zu Ohren gekommen. Die alten Salpetererbräuche waren auf dem Hotzenwald noch nicht ausgestorben, wie der Oberamtmann Pfeifer vom Säckinger Bezirksamt auf Fragen der Versicherung zerknirscht eingestehen mußte. „Mir wüsse scho, daß die alte Salpeterer de Tubak immer no selber schnetzle". Das Säckinger Bezirksamt habe in solchen Fällen schon Prügel bezogen, wenn es den „corpus juris badensis selle arme Cheipe" bei Bränden vor die Augen gehalten habe.

Franz Josef Büche hatte eine bessere Idee. Er bat seine Schwägerin Pauline „mach d' Ohre uf un los au gut zu", wenn der Hotzenblitz nach der Kirche, bei Dorffesten oder „irgend Neume" arglos kommentiert werde. „De Nied un d'Ungunst bringt Mengs ans Licht. De Himmel sieht das alles", sagte Anna zu ihrer Schwester Pauline. „Dann schrieb mir uf Basel, was de drüber g'hört hesch. Für di isch mehr drin, als e neui Bluse, wem mer eine vo de Lusbube fange chönne ,un de B'schiß uf'deckt wird".

Für Pauline war es ganz leicht, Gerüchte und Geschwätz in Erfahrung zu bringen. Sie schrieb dann einen Brief mit neutralem Inhalt an Anna, die ihrem Franz Josef Paulines Nachricht zur weiteren Verfolgung übergab. Wenn der Hotzenblitz zugeschlagen hatte, schrieb Pauline gewitzt „s' het Himmel-Sterne-Blitz im leere Viehstall dunderet". Die Basler Feuerversicherung hatte Pauline und fünf andere Brand-Hörposten zum Dank in Basler „Bruune Mutz" am Barfüßerplatz zum Abendessen eingeladen. Karl Stucki, der rundliche, glatzköpfige Haushofmeister am Hauptsitz der Feuerversicherung war der Maitre des Abends. Er begrüßte die Gäste mit Witz und Glai-Basler Schnitz, als er Pauline als Madame vom Wald vorstellte. Ihr umsichtiges Verhalten habe einen üblen Brandstifter hinter Schloß und Riegel gebracht und der Versicherung Geld gespart. Dafür wolle sich die Basler Versicherung erkenntlich zeigen und ihren Hof zwei Jahre versichern. Er schwieg aber darüber, daß sich der Brandstifter selbst verraten hatte und bald vom Bezirksamt gefasst wurde. Stucki forderte Pauline auf, das Bonboniere-Naschwerk „d' Guzzeli, Schoki und Mässmogge ins Muul z'stecke".

Auf der Basler Schiffschaukel

Pauline wartete am Säckinger Kiosk auf den Bummelzug nach Basel. Sie kaufte eine Flasche Bier und spülte ihren trockenen Hals so gut, wie sie den Stallduft mit Kölnisch Wasser parfümiert hatte, wenn sie nach Basel reiste. Im Koffer trug sie eine halbe geräucherte Speckseite und geräucherte Würste, die sie Annas Familie als rustikales Geschenk oft in die Basler Ferientage mitgebracht hatte.

Ihren Zopf hatte sie unter dem Strohhut verborgen. Nur ein geflochtener brauner Haarkringel quoll noch unter dem geblümten Hutrand hervor. Gekleidet war sie wie eine Gouvernante, die zum Hüten der Kinder anreist. Vater Richard übernahm einstweilen die Viehfütterung in ihrer Abwesenheit. Er sprang ein, wenn seine Tochter in die Stadtferien nach Basel fuhr. Pauline hatte ihm vor der Abreise Brot und Kraut gerichtet. Das Fleisch schnitt er sich aus den Vorräten im Rauchfang selbst ab. Seinen „Bräntz" hatte er „in'ere Guttere" vorrätig, wenn es ihn „gluschtete" und er „de Bräntz-Dunst schmecke" wollte. Die Absinth-Fee hatte nun so viele Freunde gewonnen, daß die Schweiz das Absinth-Verbot beschlossen hatte.

Als der Zug abfuhr, hatte sie schon in der Vorfreude auf die Fahrt mit dem „Trämli" ihren Hotzenwald vergessen. Für „Bete un Schaffe" war ihre Zeit zu knapp bemessen. Der „Conducteur" knipste ihr Billett im Trämli und sagte „Madame e schöne Daag", was sie mit „das glaub i au, wenn i scho ne mol us mie'm Stall use chumm" dankte.

Als Pauline im „Bruune Mutz" ein Bier getrunken hatte, sah sie die „Rössleritie" und die Schiffschaukel mit den Gauklern, den Musikanten und „de liedrigi Lumpediddi". Sie kaufte eine Tüte Magenbrot und nahm sich vor, mit Annas Kindern „uf d' Rössleritie z' goh". Am nächsten Tag wollte sie sich das lockere Treiben genau ansehen.

Zuerst fuhr Pauline mit Annas Kindern auf dem Ketten-Karussell zwei rassige Runden. Sie liebte es, wenn der blaue Himmel und die Wolken im Flug entgegenkamen. Dann ging sie zur Schiffschaukel und überredete Anna, mit ihr dieses Hochgefühl des Himmelflugs auszuloten. Das kitzle im Bauch wie das Gefühl einer Himmelfahrt gluckste sie glücklich und wollte nicht mehr absteigen.

Vor und zurück in den Himmel zu schaukeln. In stetiger Umkehr des Schwungs zu schweben. Das Jauchzen und Jubeln in den Wendepunkten der Erde und des Himmels. Die Schwestern sahen sich im Schaukelkorb ins Gesicht. Aus den Kniebeugen holten sie ständig heftig Schwung. Mit jedem Knieschwung flüsterte Anna den Namen ihrer Kinder. Pauline schrie den Namen ihrer Rinder hinauf in den Himmel. Als die Schiffschaukel im Zenit stillstand, stieß Anna einen wahnsinnigen Schrei auf die erste Liebe aus. „Mettler Franz! Du schieche Siech, alte Lus-Cheip". Pauline plärrte in ihrem Liebesschmerz mit dem Kaplan ebenso wahnsinnig heraus „Josef! Hohle Motsch-Kopf". Dann japsten sie befreit in den Himmel hoch, in dem die Wolken mitleidige Tränentropfen und Trauerflor zeigten. Der Schaukelbremser holte Anna und Pauline auf den Boden der Erde herab. Sie hatten ihren Schmerz besiegt.

Amerikaner im Hotzenwald

Die Weltpolitik in der „Triple Entente" zwischen Russen, Frankreich und dem vereinigten Königtum schuf ab 1907 neue Probleme mit dem Deutschen Reich. Die Marokko Krisen im Jahr 1906 und 1912 führten in Agadir mit dem Kanonenboot Panther zum heißen Schlachtgetöse, das auch im Hotzenwald erklang. Aber ins Hotzendorf kam hold wie Winterhalders Bild „Die schöne Amerikanerin".

Vater Richard saß in festlichster „Montur" in der Stube, als seine liebe Steffane und die drei Amerikaner in sein Haus kamen. Pauline hatte Richards Haare und den Bart gestutzt, um seine Überseegäste nicht zu „verschrecke". Tochter Steffane hatte die Amerikaner auf den Keller-Hof gebracht. Sie umarmte den Vater und Pauline nach zwölf Jahren in Philadelphia. Dann stellte sie ihren Mann Paul, einen Schiffsobermaat, sowie Frosines Kinder, den Neffen Roby und die Nichte Caty vor. Die Gäste wohnten im Säckinger Hotel Goldener Knopf und kamen mit dem Postbus angereist. Pauline hatte ihre Tracht angezogen, die sie für den Besuch der Amerikaner auf dem Keller-Hof gut aufgebügelt hatte. Steffane kamen Tränen der Rührung in die Augen, als sie die Hotzentracht erkannte.

Für die Gäste hatte Pauline einen „Rinder-Brotis" mit „Herdöpfel, Chrut und Soße" gekocht, was Steffane den Amerikanern als deutsches Sonntagsessen erklärt hatte. Der Lehrer saß am Tisch und schenkte Bier in die Gläser. Er erkundigte sich nach Frosine, die vor sechzig Jahren ausgewandert war. Roby und Caty sprachen Deutsch. In einer Klangfärbung des Pfälzer Dialekts, den sie von der Herkunft ihres Vaters aus dem Rheingau gelernt hatten. Roby erzählte, daß eine Schiffsüberfahrt für die Mutter Frosine zu lang und beschwerlich gewesen wäre. Sie sei eine gealterte Geschäftsfrau, die noch im Textilverkauf ihres verstorbenen Mannes im Laden stehe. Trotzdem habe sie immer noch Sehnsucht nach den „german hills". Mit dem Hochseedampfer Olympic, dem Schwesterschiff der Titanic, seien die Amerikaner Anfang Mai 1912 von New York nach Hamburg gefahren. Obwohl Steffanes Mann als Obermaat sonst auf dem Schiff Lusitania fahre, hätten sie die Passage mit dem Dampfer Olympic nach Hamburg gewählt. Auf der Rückreise nach zwei Monaten nehme ihr Mann Paul in Liverpool seinen Dienst auf der Lusitania als Schiffsoffizier wieder auf. Sie wollen auch München, Frankfurt, Weimar mit den Dichtern Schiller und Goethe kennenlernen, denn Caty interessiere sich für die beiden Schriftsteller und die deutschen Städte.

Das war für den Lehrer ein gutes Stichwort, sich erneut ins Gespräch zu bringen „un grüßet d'Frosine b'sunders vo mir. Wenn i nit Lehrer g'si wär, hätt i das Maidli nit allei ins Amerika goh' lo, schwauderte" er und war in Erinnerungen an Frosi in seine Jugendzeit eingetaucht. Richard staunte, als er hörte, daß Roby seit zwei Jahren das Ford-T-Modell, die Tinn-Lissy, als Geschäftswagen fahre. Auch die gute Kleidung und das Benehmen der Kinder von Frosine stellten ihn vor Fragen, die er nur mit einem „Bräntz" ertragen konnte. „Nimm'sch au eine", fragte er Roby. Der willigte gern ein, als er hörte, daß der „Bräntz wie de Brandy" aus Richards Brennerei stammte.

Dann „soffen sie" alle miteinander, Frauen und Männer, den „Bräntz" und freuten sich, daß die Amerikaner in die Heimat der Frosine gekommen waren. Der Alpenblick sei hier schön wie in den Rocky Mountains, von denen Frosi so schwärmte. Wie die Aussicht in die Schweizer Alpen.

Die Philadelphia Gäste luden Richard und den Lehrer ein. Der reagierte erfreut, da er sich reisen vorstellen könnte. Richard nahm lieber noch „e rechte Surpf vom Bräntz", denn die Träume vom Auswandern waren ausgeträumt.

Pauline führte alle miteinander in die Wendelin-Kapelle. Obwohl beide Schwestern dort oft gebetet hatten, war Paulines Fingerzeig auf die Rosetten der Fenster mit dem durchbohrten und dem dornenbekränzten Heiligen Herz Jesu auch für Steffane neu. Sie hatte sich noch nie in die Glaubens Aussagen dieser bunten Glasfenster versenkt. Der Schmerz und das Leid als menschliche Vorstufe zur christlichen Erlösung. Roby und Caty waren begeistert über den „holy spirit", den die Kapelle ausgestrahlt hat.

Steffane sah den Fortschritt im Haus und im Kuhstall. Sie umarmte Pauline und gratulierte ihr herzlich. „Was du us'm Hof g'macht hesch, hätt' unse Vadder in hundert Johr mit siem Bräntz suffe nit uf d' Bei schtelle chönne".

Ein schöneres Kompliment hätte Steffane der Schwester nicht machen können, denn der schlechte Zustand des Hofs und die Armut war der damalige Grund, daß sie ihr Elternhaus verließ und ihr Glück in Amerika suchte. Dem Glück war sie schon auf der Atlantiküberfahrt begegnet.

Frau Kapitän

Frau Hüssy-Brunner erfuhr vom Amerikanerbesuch im Hotel Goldener Knopf und schickte eine „Cafi-I'ladig" für Steffane, Roby und Caty. Sie informierte sich über das amerikanische Stadtleben in Pensylvanien und fragte ihr „Huusmaidli" nach ihrer Alt-Pfälzer Verwandtschaft aus. Steffane erzählte gern, daß sie in den hohen Wellen auf dem Atlantik dem Kadetten Paul in die Arme gefallen sei. In den blauen Augen des jungen Seemanns spiegelte sich die Weite des Himmels zwischen der spritzenden Gischt. Paul habe sie schnell die amerikanische Sprache gelehrt. In Philadelphia habe sie den Seemann Paul „gli ghürote".

Er sei nun ein „warrent ship-officer" bei der Cunard Linie auf dem größten britischen Handelsschiff, das zwischen Liverpool und New York im Atlantik als Kursschiff fahre. „Dann wirsch du bald d' Frau Kapitän sie", schmunzelte Frau Hüssy. Darauf antwortete Steffane stolz wie eine Kapitänsfrau. „Lose sie Frau Hüssy! Sie sotte emol selber uf so' eme Luxusdampfer nach New York übere fahre. Die erschti Klass' isch puure Luxus. Mit Telefon in jedere Suite. S' git goldigi Amatuure. Un warmi Schwimmbäder, un Tennisplätz uf'm Deck". Ihr Mann betreue als Offizier riesengroße Schiffsmotoren. Das Schiff wolle das „Blaue Atlantikband" auf der Rückfahrt gewinnen. Sie freue sich jetzt schon auf die Seereise „mit'eme Ooschen-Leiner". Steffane sei von ihrer Tante in die Kunst der Buchhaltung im Textilgeschäft eingearbeitet worden. Roby leite nun das ganze Geschäft. Caty unterstehe die Verkaufsleitung.

Die Donna Hüssy war geplättet über Steffanes Karriere als Yankee-Missis. Nun hatte sie genug Gesprächsstoff für das nächste „Cafikränzli" mit den Säckinger Damen.

Die kleine Olga Hüssy trug ein viktorianisches Kleidchen. Der Bub Oskar hatte einen blau-weißen Matrosenanzug an. Er besaß Schiffsmodelle, mit denen er Krieg spielte. Die Zukunft Deutschlands lag nach Kaiser Wilhelm auf dem Wasser. Das Kanonenboot Panther hatte gerade die zweite Marokkokrise ausgelöst. Ein Politikum, da sich auch auf dem Atlantik ein Handelskonflikt mit den Briten abzeichnete. Die Deutschen riefen preußisch Hurra, um den zaudernden Deutschen Kaiser weiter anzufeuern.

Die Triple Entente drehte am Präsentierteller Preußens. Leider nehme im Nordatlantik die deutsche Bedrohung der Schiffe von England und Amerika zu, gab Roby nun zu Bedenken. Dabei zog er eigentümliche Grimassen, die nur Steffane, Roby und Caty politisch deuten konnten.

Frau Hüssy forderte nun ihren kleinen Sohn Oskar auf, dem Herrn Schiffs-Offizier seine neuen Schiffsmodelle und die neuen Postkarten vom Kanonenboot Panther im marokkanischen Hafen Agadir zu zeigen. Der Seemann wendete sich dem Jungen freundlich zu und erzählte ihm noch viel mehr von seinem Schiff Lusitania. Es brauche unter Volldampf mit 49 Kilometer in der Stunde auf dem Meer pro Minute 250 000 Liter Kühlwasser für die vier Turbinen. An jedem Tag brauche die Lusitania tausend Tonnen Kohle. Auch die Lusitania gäbe es als Modelle.

Aber der junge Oskar war ein Bewunderer von Kaiser
Wilhelm und Admiral von Tirpitz sowie der deutschen
Marine. Er nahm den sogenannten Kapitän mit auf den
Sandsteinbalkon, wo man den strömenden Rhein, das
Säckinger Münster und die Holzbrücke sehen konnte.
Dann trumpfte der unverschämte Junge im blau-weißen
Anzug frech auf: „Unser Kanone-Boot wird dini Lusitania
im Meer versenke. Dann cha'sch du heim schwimme".

Als die Amerikaner nach einem Besuch in Basel abgereist
waren, diskutierte der Lehrer mit Richard lang, bis die
Bierkanne ausgetrunken war. „Gopferdeckel, Richard!
Du hesch die beschte Töchter, die sich e Vadder numme
wünsche cha" sprach der Lehrer, als ob er noch einmal
Schulzeugnisse für Anna, Steffane und Pauline in seiner
Schule ausfüllen müßte: „Alles rechti Einser; lobte er. In
Einigkeit, wie mer drei Wieber sunscht selte sieht", fügte
er begeistert hinzu und war auf seine Volksschule stolz.

Anna sei schon in der Schule sehr besonnen aufgetreten.
Ihre Kinder, die Basler Sekundarschulen besuchen, seien
Richards Hof-Erben. Einer seiner fünf Enkel werde nach
der kinderlosen Pauline wohl Richards Hof übernehmen.
Steffane sei verrückt im wahnsinnigen Himmelsglück mit
ihrem Seemann Paul und lebe in ihrem Amerikatraum:
Als selbständige Frau im familieneigenen Textilgeschäft.
Das Glück spiegle sich in ihrem Gesicht „wie me sieht".
Pauline habe ihr Kraftfeld wieder gefunden, „siet si de
Kaplan in Wind g'schosse het. Selle überzwerchi Siech
weiß worum er ins Chloschter ab' isch. Jetz chan er uf
sienere Demutstreppe abe stolziere bis er d'unte isch".

Vier Buebe un e buschber Maidli

Anna verabschiedete Pauline am Bahnsteig im Badischen Bahnhof in Basel. Der Westwind von der Burgundischen Pforte zog durch die Bahnhofshalle und verwirbelte den Kohlenstaub am „Perron". In der schwülen Sommerhitze raunte sie „s' isch wieder so düppig", als Pauline mit drei Kinder in den Bummelzug eingestiegen war. Nur d'Anni, Otto und Fritz durften in die Ferien auf den Hotzenwald. Die beiden kleinen Kinder blieben bei Anna. Dann schloß der „Conducteur" das Bahnsteiggitter. Der Zug zischte quietschend und fuhr von Basel in Richtung Waldstädte.

Anna ging mit dem kleinen Willi und Emil ins „Trämli". Sie mußte immer noch lachend daran denken, wie sie beim Einkaufen mit Pauline im Magazin Globus schöne Auslagen bestaunt hatte. Pauline wollte einen neuen Schurz, eine Bluse und kratzfreie Unterwäsche kaufen. Als man ihr die modische Damenbekleidung vorzeigte, wehrte sie ab. Der schöne Glockenrock war ihr viel zu teuer. Das Stadtkleid mit Linie und einem Brustlatz kam nicht in Frage „suscht chönnt i mi nümme use traue", sagte sie standhaft. Da begann Anna zu foppen „aber s' Kölnisch Wasser un de Bohnekaffi chaufsch immer no, falls de Kaplan wieder chunnt". Da bekam Pauline harte Gesichtszüge und errötete wie eine feurige Stockrose. „De sell chunnt mer nit über d'Schwelle" wehrte sie ab.

Die Verkäuferin im Globus zog sich schmunzelnd zurück und zeigte beiden Frauen den Weg zu Parfümerie und in die Abteilung, wo man Weißwäsche „un Liebli chauft".

Willi und Emil sahen die „Rössleritie" am Claraplatz und
rannten auf das Kinderkarussell zu. Sie quengelten, bis
sie mitfahren durften. Anna bezahlte für jeden Bub eine
Tour. Willi saß auf dem Reitpferd, das sich mit einer
neuen Hubmechanik auf und nieder bewegen konnte.
Der kleine „Migger" saß überglücklich auf dem Einhorn.
Die Musik kam aus einem Lautsprecher, der mit einer
Walze und einem Lochband wie ein Leierkasten tönte.
Anna war ebenfalls glücklich und kaufte für die beiden
kleinen Buben „Mäßmogge". Mit Himbeerkrokant und
mit Pfefferminzgeschmack. Diese lutschten und kauten
sie im „Trämli" bis zur Haltstelle an der Dreirosenbrücke.

Der Bummelzug hatte die Basler Dunstglocke verlassen
und fuhr am „Grenzacher Horn" vorbei. Über dem Horn
schraubte sich am Buchswald ein junger Bussard hoch.
Otto wollte ihn weiter beobachten und fragte Pauline,
ob er auf der hinteren Zug-Plattform dem Steigflug des
Vogels zusehen dürfe. Pauline nickte und sagte „aber nit
uselähne. Blieb an de Kette, daß de nit no abekeisch".

Anni saß Pauline gegenüber auf den Holzbänken und
hatte ihr Buch aufgeschlagen. Die „Letzten von Rötteln"
war ihr Lieblingsroman. Die Tante Pauline kommentierte
launig „wie d'Anna! Immer e Buch vor ihrer Schnöre ha".
Das Mädchen hatte keinen Blick für die Landschaft übrig,
da der Roman am Röttler Schloß mit einem waghalsigen
Rittersprung auf dem Fluchtpferd sehr spannend war.
Ab Rheinfelden steigerte der Zug seine Geschwindigkeit.
Pauline fragte Fritz, ob er das Rheinfelder Kraftwerk, das
Stauwehr, gesehen habe. „Do kriege mer de Strom für

d'Glühlambe her" erklärte die Tante dem Jungen. Doch
der Sekundarschüler verblüffte sie mit seiner Kenntnis,
daß Rheinfelden mit zwanzig Turbinen Strom erzeuge.
Das nächste Kraftwerk am Rhein sei Laufenburg erklärte
der Schüler. Das sei noch moderner. In Basel produziere
man den Strom immer noch im Kraftwerk am Voltaplatz.
Pauline fragte platt: „Wüsset ihr das alles us der Schul?".

Dann öffnete Pauline mit Gefallen ihre Reistasche und
sah auf das Pfund Schweizer Cafi, das sie für zweieinhalb
Mark gekauft hatte. Die Kinder lachten verschmitzt. Sie
hatten nicht den Mut zu fragen, ob der Kaffee wirklich
für ihren Pfarrer sei. Denn sonst gab es eher Muckefuck.
Annas Kinder hatten „au Moris" vor Pauline. Vor Jahren
hatte sie zu Fritz gesagt „wenn de nit brav bisch, biß i dir
de Chopf ab", als er frech wurde. Da griff die Mutter ein
und wies die Wälderfrau Pauline zurecht „so chasch mit
die'm eige Viehzüg schwätze. Aber jo nümmi mit mine
Chinder". Augenblicklich folgte Annas Donnerwetter und
rügte wie frühere Madame Alioth in Basel die Tochter
Elisabeth: „Maidli los emol zu; jetzt längt's mer aber".

Der Zug hielt noch an den Stationen in Rheinfelden und
Brennet. Zischend fuhr er in den Säckinger Bahnhof ein.
Pauline verzichtete auf die übliche Flasche Bier, die sie
dort gern am Kiosk „gezischt" hatte, wenn ihr Schlund
vom Zugfahren zu trocken war. Dann ging sie mit den
Kindern zum Postbus und fuhr bis nach Herrischried in
die saubere und frische Landluft. Durch den schwarzen
Wald und grüne Wiesen, die zum Öhmden anstanden.

Die Sommerferien begannen für Anni, Otto und Fritz. Es war nun das dritte Jahr, daß Richard seine Enkel erlebte. Pauline hatte den Hof im Griff. Sie teilte den Kindern die Arbeit zu. Den Großvater zu beteiligen, war leichter als in früherer Zeit, denn er vergaß häufig seinen Verdruß.

Er war begeistert, wenn Otto und Fritz ihn in den Wald begleiteten. Dann sprach der Ätti im tiefen Brustton der Überzeugung „vo siene Buebe". Sie transportierten mit dem Ochsenwagen das neue Brennholz zum Keller-Hof. Die Ochsen zogen den Karren vom „Singele Bühl" heim. Otto trieb die Tiere mit leichtem Pfitzen der Geißel am Berg an. Fritz bremste die Holzräder mit „de Striechi", wenn es bergab ging. Richard ging fröhlich neben seinem Fuhrwerk her und kaute mit Genuß auf seinem „Schick". In seiner rauhen, gutturalen Sprache, die manchmal im Rachen die Wortendungen verschluckte, sagte er knapp aber eindringlich zum Enkel „nit so viel chlöpfe mit de Geißle. Du mach'sch mini Ochse nur verruckt. Gib dieni Kommando ruhiger und schwätz lies mit dene Öchsli".

Richards raue bäuerlichen Laute hatten eine ähnliche Klangfarbe wie die gierenden Wagenräder, denen das Schmieröl an der Radachse ausging. Damit war genug gesagt. Den Rest regelte der Ätti mit dem gütigen Blick. Zu Hause sägten sie die Holzbengel auf der Bandsäge zu kleinen Stücken, damit man geschnittene Rollen auf dem Spaltklotz zerkleinern konnte. Im Wald hatten sie dünne Äste und Reisig zu Wellen gebunden. Die Holzscheite setzten die Buben an der Giebelseite zum Trocknen auf.

Früh am Morgen schickte Pauline immer einen Buben an die Wässerwiesen hinunter, um den Zulauf des Wassers aus den Bächlein mit Steckbrettern genau zu dosieren. Es durfte nur ein Junge zu den Wiesen gehen, damit sie keinen Unsinn trieben. Der andere mußte Pauline im Stall helfen zum „d'Chue melche un dann usmischte".

Das „z'Morge" gab es erst nach einigen Gebeten in der Wendelin-Kapelle. Dann saßen sie miteinander am Tisch und aßen mit dem Holzlöffel „d' Brägletie, d'Ankebrot mit Zucker oder Salz zum Milch-Muckefuck mit Zigorie". Danach gab Pauline das Zeichen zum Aufbruch in den Bauerngarten zum „Schlämpekrut un Beeri günne, un zum Unchrut bägge". Darauf trennten sich ihre Wege. Richard spannte die Ochsen zufrieden vor den Wagen oder saß mit seiner Pelzkappe wartend vor dem Haus.

Anni besuchte den alten Lehrer gern, den ihre Mutter so verehrte. Sie brachte ihm beim Besuch eine aktuellere Preisliste aus Basel mit, die er in der Preiskladde eintrug. Auf dem Basler Wochenmarkt kostete ein Ei 7 Pfennig, ein Pfund Mehl 28 Pfennig, ein Brot 54 Pfennig und ein Liter Milch 28 Pfennig. Früher ließ der Lehrer die Schüler einen Dreisatz rechnen, wie viel Brot, Mehl oder Eier ein Bauer einnehmen müsse, um seine Familie zu versorgen. Eine ähnliche Rechnung stellte er mit Pauline auf, wenn ein Jungschwein 8 Mark, ein Zentner Heu 3,50 Mark, ein Zentner Hafer 8,50 Mark oder das Kraftfutter 7,50 Mark koste. Das waren seine Kalkulationen, die er für Pauline berechnet hatte. Sie trugen zum wirtschaftlichen Erfolg des Keller-Hofs bei, seit ihn Pauline übernommen hatte.

Es ging dem Lehrer nicht mehr gut, seit der Schulrat den Unterricht visitiert hatte. Der lobte zwar seine Erfahrung und den Einsatz in der Schule, bemängelte aber zu wenig Nationalstolz. Das Lob zu Militärparaden des Deutschen Kaisers fehlte ihm. „Nit nur d'Kaiser Rotbart, au d'Kaiser Weißbart sin unsi dütsche Helde" betonte der Schulrat. Daß der Lehrer den Kanzelparagrafen aufgerufen habe, gefalle dem Schulrat. Aber er sollte dann auch andere vaterlandslose Gesellen nennen. Beispielsweise solche konspirativen Sozialdemokraten, die sich in Wehr träfen. Dabei wiederholte der Schulrat dreimal den Ort Wehr, als ob er über die Besuche des Lehrers informiert sei. Die heldenhafte Zeit Badischer Revolutionäre im Jahr 1848 sei Vergangenheit. Man gewähre im Kaiserreich Freiheit.

Bald kam der Schulrat zu einem Ergebnis, das den alten Lehrer tief traf: Im neuen Schuljahr komme ein junger Lehrer, der neuen Schwung in die Schule bringen werde. Der unterrichte Burtes neuen Roman: „Wildfeber" der ewige Deutsche, was man den Schülern beibringen muß. Seit der Ankündigung des Schulrats war der Lehrer still. Ein gebrochener Mann. Jahrzehnte lang habe er in seiner Dorfschule gute Schüler gehabt. Als die junge Anni ihm die neue Preisliste mit den Grüßen von Anna übergeben hatte, hellte sich sein Gesicht auf und er lachte „ich ha dir e Buch, wo sich no besser liest als dieni „Letzten von Rötteln". Und er schenkte ihr Scheffels „Der Trompeter von Säckingen". Dazu packte er einige Schriften über das Genossenschaftswesen in Baden dazu und raunte Anni augenzwinkernd zu: „S' Lese wird jo no nit verbote si".

Dann holte er das Mühle-Brett mit den weißen und den schwarzen Steinen aus der Schublade. „Jetzt luege mir zwei mol, ob du au so Mühli spiel'sch wie di Mueder, wo sie genauso alt g'sie isch" und eröffnete das Mühlespiel.

Trotz des Umtriebs der drei Kinder im Bauernhaus hielt Tante Pauline an ihren traditionellen Bauernregeln fest. „Am Dag het's Bett Ruh, z' Nacht het de Disch un au de Stuhl Ruh!". Sie wich kaum von ihren Gewohnheiten ab. Da die neuen Glühbirnen bereits ihren Tagesablauf sehr verändert hatten, sollten die kirchlichen Regeln und die Bräuche fester Bestandteil ihres Bauernlebens bleiben. Bereits dem Zeitgeist geschuldet war der Kuckucksruf in der Stube, der den Stundengruß aus dem Kuckuckshaus im Wettstreit mit Paulines Stundengebet abgegeben hat.

Die junge Anni hatte die gleichen Aufgaben im Haus zu erledigen wie vor zwanzig Jahren deren Tante Steffane. Brot backen, im Garten Unkraut jäten und im Rauchfang Rauchwürste und den Schweinespeck zu kontrollieren. Denn der Schimmelbefall, der Salpeter vom Ammoniak im Stall, der ins Mauerwerk stieg, und hungrige Mäuse waren im Getreide zu befürchten. Das „Maidli" legte bei dieser Arbeit ihre Bücher achtlos zur Seite und vergaß im Hotzenwald die „Basel-städtische Sekundarschul-Welt.

In den letzten Ferien hatte Pauline dem Mädchen Anni gezeigt, wie man Sauerkraut im „Surkrutschtändeli" vorbereitet. Mit dem „Kruthobel wird de Chabis in langi Streife g'hoblet". Dann im Steingut-Topf eingelegt, mit Salz beschichtet und gestampft. Wenn die Lake den Kohl mit einer milchig-weißen Brühe überdeckt, werde die nächste Krautladung eingeschichtet und fest angedrückt. Die Wacholderbeeren oder andere Gewürzmischungen würden vor dem Gären zugeführt, wenn der Zucker die Kohlstreifen durch Bakterien in Milchsäure gewandelt habe. „Immer nochfülle! Mit'm Holzdeckel un mit'm Düchli die oberschti Schicht abdecke, wenn's g'nueg Saft het", hatte Pauline dem Schulmädchen das Geheimnis der Sauerkrautgährung im Steingut-„Schtändeli" erklärt.

Während die drei Basler Sekundarschüler, Anni und ihre Brüder, bereits die Gärung von Getreide und Kraut als chemischen Vorgang verstehen konnten, hätte Pauline ohne den Lehrer weiter daran geglaubt, daß spirituelle und okkulte Kräfte im Sauerkraut wirken, wenn es gährt. Der Volksschulunterricht des Lehrers bewirkte auch im Hotzenwald ein rationales Denken. Im Gegensatz zum verzögerten kritischen Erwachen der Landbevölkerung im Hotzenwald wuchsen bei den aufgeklärten Städtern bereits gegenläufige Bewegungen. Der Okkultismus und die Psychologie bahnten sich neue Wege wie etwa die anthroposophische Lehre von Rudolf Steiner in Dornach.

Das Getreide stand im Sommer 1913 gut. Es war Zeit, den Roggen zu mähen. Richard zeigte den Burschen so, wie vor zwanzig Jahren seiner jungen Tochter Pauline, wie man die Sichel und Sense dengelt, damit ein scharfer Schneidesaum entsteht „lueg, so duet'me Sense wetze". Beide Buben arbeiteten an Paulines Seite. Sie schnitten den reifen Roggen in geraden Linien auf dem Bühlacker. Im Gleichklang zogen sie die Sensen durch das Getreide.

Die drei blanken „Sägese" schnitten scharf durch den reifen Roggenacker. Die Garben fielen mit den gelben Ähren auf den braunen Boden. Die Kinder rechten sie zu Garbenbündel zusammen und stellten sie zum Trocknen auf. Im trockenen Zustand zogen die Ochsen den Karren mit "Frucht" durch den „Ifer" ins heimische hohe Tenn. Nach einigen Tagen begann das Dreschen, um den Hafer von der Spreu zu trennen. Die Buben schlugen im Takt mit dem Dreschflegel auf das Getreide. Mit jedem Schlag flogen die Spelzen in die Höhe und die Körner fielen aus den geplatzten Häuten, die das Getreide umgeben hatte. Die langstielig gedroschenen Halme legten sie auf einen eigenen Stapel. Das glatte, saubere Roggenstroh war für Reparaturen am Strohdach wichtig. „Bind's glie zu'em rechte Schaub zeme" rief Richard den Buben zu. Dann ermunterte er Fritz „chasch uf de Leitere ufe'stiege". Der Junge stieg mit seinen langen Beinen bis zum oberen Walm herauf. Als er himmelhoch bis zum First steigen wollte, warnte ihn sein Großvater entsetzt „numme kei Schritt höcher schtiege", denn er fürchtete, daß der Enkel von der Leiter abstürzen könnte. „Schterneblitz nonemol, du Sürmel" schimpfte er. „Du wär'sch nit der erschti, wo vo de Leitere vom Dach obe abe kai't isch".

Pauline stutzte, als sie den Warnruf des aufgeregten Großvaters hörte und dachte laut „jo, dieni liebe Bube". Der alte Hotzenzausel in seiner Pelzkappe hoffte, daß nach Pauline Otto oder Fritz seinen Hof in die nächste Generation führen werde. „Halt wieder emol e Maa", meinte Richard. Damit die „blödsinnige Froge uf'höre, die er manchmal hörte: „Isch do kei Buur me im Huus".

Der Laufenburger Rheinfall

Der Herrischrieder Kirchen-Mesner begleitete Paulines Jungfrauenbund und die drei Kinder zur Besichtigung des Laufenburger Kraftwerks. Denn „ohni e Maa goht's nit", hatte der Lehrer geraten, als sie den Schülern diesen Ausflug zum Ende der Sommerferien versprochen hatte. Die Gruppe stapfte wie eine Prozession am Murg-Ufer entlang. Auf dem alten Postkutschenweg zwischen Murg und Herrischried. Am Waldrand äugte eine Rehgeiß mit Kitzen auf die Pilgerkolonne ins Elendslöchle herunter.

Im Murgtal kamen sie an das Berberich-Kraftwerk, das die Textilfirma Berberich schon seit fünfzehn Jahren zur Stromerzeugung betrieben hat. Im Staubereich, wo der Wasserstrom in einen Seitenkanal ausleitet wurde, floß die Murg noch gemütlich. Der elektrische Strom wurde in der fünfundvierzig Meter tieferen Turbine erzeugt. Unterhalb des Stauwehrs tobte der Wildbach. Eschen und Erlen säumten das Ufer des tosenden Bachs. Die weichen Wellen umspülten kleine Inseln wie Strudel. Meterhohe Abstürze im Bachbett hatten Jahrtausende alte Kolke geschaffen, in denen sich Fische tummelten. An den lang gezogenen Kiesbänken der Eiszeitrelikte laichten Forellen, Saiblinge und Groppen. Die Buben hätten gern Flußkrebse mit bloßen Händen gefangen.

Die Gischt tobte über dem brausenden Gebirgsbach, der tonnenschwere Granitblöcke zu Tal gewälzt hatte, als ob sie keine Schwerlasten wären. Der frische Dunst wirkte besonders an heißen Sommertagen belebend. Im Winter war das Tal fast unpassierbar, wenn die Eispanzer diese schweren Gesteine zur Mündung in den Rhein schoben. Der Mesner erklärte den Basler Sekundarschülern, wie das quellende Wasser von ihrem Hotzenhaus über den Drillenbach der Murg zufließe. Über die Gißlenbäche, in den Talböden von Herrischwand und Giersbach sammle sich das Wasser und bilde den strömenden Gebirgsbach.

In Vorfreude auf den neuen Kraftwerkbau im Rhein bei Rhina eilten sie den Bachlauf hinab bis zur Lochmühle, um dann beim Thimos abzuzweigen. Der Begleiter sagte „gradus goht's abe zu de Turbine vo de Hüssy & Künzli. No chunn'sch uf Murg ine. Aber mir göh'n am Seelbach bie Niederhof uf em'e schnelle Weg ans Kraftwerk abe". Er empfahl „e Zahn zulege", um pünktlich zur Führung einzutreffen. Denn er hatte mit einem Bekannten den Treffpunkt direkt an der Kraftwerk Baustelle verabredet.

Paulines Jungfrauenbund staunte und bewunderte den gewaltigen Bau im Rhein zwischen der Deutschen und der Schweizer Uferseite. Der Rhein floß ungebrochen über den gesprengten Laufen und die Stromschnellen. Die Sprengung verschaffte Platz für das Wunderwerk der Flußbautechnik. Verflossen war die Zeit des unberührten Rheins, den Johann Peter Hebel noch beschrieben hatte: „an de Felse seit er: Mi Maidli mueß mer werde! Seit's und nimmt e Sprung. .....Drümmlig isch's em worde. .... er lauft vo Waldstadt zu Waldstadt" der Stadt Basel zu. Das Maschinenhaus und die Wehranlage mit den zehn unterirdisch gebauten Turbinen, die ab dem Jahr 1914 die volle Last bringen sollten, waren im Probebetrieb.

Die Kraftwerkführung begann im Maschinenhaus. Die
Francis-Zwillingsturbinen surrten und schnurrten fein.
Der Strom aus den großen Turbinen floß in die Leitung.

Nun stieg man auf Leitern in den unterirdischen Bereich.
Pauline hatte ein arg flaues Gefühl im Magen, als sie den
riesigen Wasserschwall des geöffneten Wehrs so nahe
rauschen hörte: „Um Gott's Wille" rief sie ängstlich nach
ihrem Schutzengel. Der riesig hohe Rheinschwall hatte
knapp fünfzehn Meter Fallhöhe und löste ein höllisches
Inferno aus. Das Wasser toste und tobte wie ein Sturm.
Die Kongregation der Jungfrauen war gottfroh, als sie im
Kavernenraum unterhalb des Rheins abseits von hohen
Leitern und Gerüsten im geschlossenen Raum standen.

Der Führer erklärte das Prinzip der kreisenden Turbinen.
Plötzlich drehten sich die Turbinen um Pauline herum.
Zumindest empfand sie einen Zustand der Beklemmung.
Dann „war'ere drümmlig". Das Maschinenhaus und das
Stauwehr tanzten um die leuchtende Jungfrauengruppe.
Statt des Wasserschwalls schossen glühende Lavaströme
über die Wehranlage. Das blutrote Feuer sprang auf den
Stromleitungen von Ufer zu Ufer und knisterte grauslich.
Die Flammen züngelten höllisch auf hohen Eisenträgern.

Dann erschien der Kaplan auf dem Kraftwerk. Komm mit
mir auf die Leiter, lockte er die ohnmächtige Pauline, die
in ihrer Seelennot im Unterbewußtsein mit ihm kämpfte:
„Demütig bist bist du nur, wenn du die Treppe zu mir
herabsteigst" foppte er. Dann hörte sie den Satz: „Gänt
e Sprutz Kölnisch Wasser uf ihri Nase! Sie lebt doch no".

Paulines Nickerchen

Das Postauto fuhr durch die letzten Kurven zwischen der Schlagsäge und der Hetzlenmühle nach Herrischried. Die abgemähten nassen Wiesen der Murgmatt zeigten eine fahle, gelbgrüne Farbe, da der moorige Boden aufschien. Die kleinen Braunkehlchen suchten sichere Ansitzwarten am Wiesenrand. Die Bussarde, der rote Milan und Eulen schwebten lautlos am Abend über den Murgtalquellen.

Pauline war im Bus erwacht, als der Fahrer ein Hupsignal absetze, da ein Gespann den engen Straßenraum befuhr, der dem Postbus zustand. Sie schüttelte ungläubig ihren Kopf und sagte zum Fahrer „des glaub'sch nit, was me träume cha, wenn me bie de Abfahrt ieg' schlofe isch". Annas Kinder hatten in Säckingen den Eilzug bestiegen. Die Ferien waren beendet. Die Sekundarschule öffnete erneut in Basel die Türen. Pauline träumte selig, daß die Kinder einen Fensterplatz gefunden hätten. Sie winkten ihrer Tante Pauline lachend zu. Der Zug nahm Fahrt auf. Pauline war traurig, denn sie hatte die Kinder ins Herz geschlossen. „Das sin au mini Chinder betonte sie. Nit nur d' Chinder vo de Anna un d'Buebe vom Großvater".

Die Zeit verstrich bis das Postauto ankam. Sie setzte sich in den Bahnhofkiosk und trank zwei Flaschen Bier. Um Pauline standen einige Hotzenwälder Burschen, die nun einrücken mußten. Die Marine rekrutierte die Matrosen. Das Heer Grenadiere. Pauline sah die schneidigen jungen Burschen an und stieg überaus beschwingt in ihren Bus.

Der Traum umfing sie sanft, als das monotone Rütteln und das Motorengeräusch im Bus schwächer wurden. Sie war recht müde und stellte sich vor, wie die Kinder am Badischen Bahnhof in Basel aussteigen und zwischen den abfahrenden Zügen mit den Soldaten weitergingen.

Plötzlich erkannte sie das vertraute Gesicht des Kaplans, der das Billett kontrollierte und mit einer Zange knipste. Dann hängte er alle Wagen am Verschiebebahnhof um. Erst fuhren die Züge nach Karlsruhe und Mannheim zur Mobilmachung. Dann traf man sich im Schloß Versailles. Und die Züge fuhren wieder zurück ins besiegte Gebiet. Die verwundeten Soldaten trugen Verbände. An den Rheinbrücken sammeln sich mehrere tausend Soldaten, die hungerten und auf Transporte in die Heimat hofften.

Die leeren Gulaschkanonen standen an den Barrikaden. Im nächsten Traum sah Pauline Kartoffeln, Speck und Brühwürste, die sie den Soldaten im Wurstkessel anbot.

Pauline träumte weiter von der Verwirrung der Worte. Als sie fremde militärische Befehle hörte, erloschen die Pfingstflammen auf der Tonsur des Basler „Conducteur".

Darauf folgte die Stationsansage am Verschiebebahnhof: Am Gleis sieben nach Lörrach. Dort Abfahrt für Fritz um 19 39 nach Polen. Dann Abfahrt für Otto um 19 41. Der Albtraum wurde immer schrecklicher. Abfahrt für Willi um 19 42 zum Kaukasus. Emils Abfahrt nach Stalingrad ebenso um 19 42. Pauline schüttelte sich beim Erwachen und heulte „d' glaub'sch nit, was i für e Seich träumt ha".

Hiobsbotschaften

Der Verstand im Dorf stand fast still bei der Nachricht,
daß der Lehrer bei einem Kutschenunfall an der Mühle
ums Leben gekommen sei. Er wollte seinen Getreidesack
an der Hetzlenmühle beim Müller abgeben. Dort „sei er
vom Breggli g' floge" und habe sich das „G'nick broche".

Der Gendarm brachte die Kutsche zu Paulines Hof heim,
meldete den Tod, indem er Haltung annahm, die Hacken
zusammenklappte, die Hand grüßend an die Mütze legte
und mit größter Bestürzung „ie nimm A'deil" flüsterte.
Stunden zuvor hatte der Lehrer mit Richard geplaudert,
der ihm beim Anspannen geholfen und ihm die Säcke
übergeben hatte. Pauline rannte weinend zur Kapelle.
Richard sank tief in sich zusammen. Nach einer Weile
knurrte er „muesch de Anna schriebe, aber tutzwit".
Auch Steffane müsse in Philadelphia informiert werden.
Denn sie sollte Frosis Kinder „au grad no B' scheid geh".
Seit die Amerikaner zu Besuch im Hotzenwald waren,
habe er Frosine wieder wie früher Briefe geschrieben.
Wenn ihn Pfarrer Kindler nicht für das Lehrerseminar
empfohlen hätte, wäre er „ins Amerika übere gange".

Richard hatte seinen besten Freund im Dorf verloren.
Wer hätte beim Bier mit ihm besser über den Apfelbaum
an der Giebelseite, dem Symbol des Freiheitskampfes,
gegen die St. Blasianer Macht und Bann „dischputiert"?
Wer hatte Pauline vor der Demutstreppe des Kaplans
gerettet? Wer entlarvte sein Angstspiel durch klares

Denken wie die Aufklärung in reiner Vernunft? Hunderte
Kinder waren im Dorf durch seine Volksschule gegangen.
Bei der Beerdigung in Herrischried lobte der Schulrat
den alten Lehrer, obgleich der „in de letschti Zit Jäschte
gha het". Richard und seine Töchter trauerten um ihn.
Der neue Lehrer war ein Hurra-Patriot. Für Kaiser, Reich
und Vaterland. Für Marine und Infanterie. Er lobte den
Nationalismus. Das Attentat in Sarajewo brachte Krieg.

Die zweite Hiobsbotschaft betraf Steffanes Mann Paul,
den Midshipman, auf dem britischen Dampfer Lusitania.
Die Kaiserliche Marine mit dem U-Boot 20 versenkte das
Schiff bei der britisch amerikanischen Handelsblockade
am 15. Mai 1915 in der Irischen See mit zwei Torpedos.
Die Ladung der Lusitania bestand aus geheim gehaltener
kriegswichtiger Munition im Laderaum mit 2200 Kisten.

Bei dieser Schiffskatastrophe ertranken im verzweifelten
Überlebenskampf über zweitausend Menschen im Meer.
Nach Monaten bestätigten Roby und Caty den Todesfall.
Nach der Beschreibung starb Paul entweder beim ersten
Einschlag der Torpedos sofort im Kesselhaus oder in der
folgenden Staubexplosion auf dem zerschossenen Schiff.
Die Todesnachricht aus Philadelphia berichtete auch von
Steffanes unsäglichem Leid. Sie beschäftige sich Tag und
Nacht mit der Buchhaltung im Büro. Ihr labiler Zustand
schwanke zwischen Verzweiflung und auch Brandytagen.
Ihr Glück, ihr leutseliges und fröhliches Verhalten sei mit
dem deutschen Angriff abhandengekommen. Sie neige
zu hysterischen Anfällen und sei nicht mehr auszuhalten.
Weder Arzt noch Prediger könnten helfen, fürchten sie.

Der Brief war an Pauline gerichtet, die ihrem Vater den Bericht mehrmals vorlesen mußte. „Los Ätti", sagte sie: D' Steffane isch ins Elend abekeit und fangt a, d' Bräntz z'suffe. Was solle mer mache? Richard hätte den Lehrer befragt, der immer Rat wußte. „Aber mit dem chasch numme no im Himmel schwätze" brummte d'Ätti ratlos. Pauline sagte: „Solle mer d'Anna z'Basel froge". Denn d' Anna isch immer „aschur". Grad wenn's um d' Steffane goht". Den neuen Pfarrer wollte sie nicht einbeziehen.

Anna schilderte ihrer Familie genau, wie sie den Tod der Mutter damals als junges Maidli auf dem Mettlenhof in der Fremde überwunden hatte. „Ich ha alemannischi Gedicht vom Johann Peter Hebel g' lese. S' hilft scho".

Denn Heimweh und persönliche Verluste könne man mit seinen Gedichten überwinden. Der Dichter habe ebenso gelitten in der Fremde. In Karlsruhe. Getrennt von seiner Freundin Gustave, die er in der Fremde sehr vermißt hat.

Sie schrieben Steffane mehrere Briefe aus der Heimat und legten neue Fotografien vom Hof und von sich dazu. Auch Bilder von den Nachbarn und aus dem Dorfleben. Damit wollten sie Steffane veranlassen, wieder in den Hotzenwald zurückzukommen. Doch es kamen kein Brief und keine Antwort mehr von Steffane „us'em Amerika". Sie konnte die deutschen Torpedos des U-Boots nicht verzeihen, die ihr das Glück im Leben zerstört hatten. Es kam den Hotzenwäldern vor, als ob sie mit ihrem Mann Paul zusammen in den Meeresfluten untergegangen sei.

Die Irrlichter   von Johann Peter Hebel

Es wandle in der stille, dunkle Nacht
wohl Engel um, mit Sterneblume g'chrönt,
uf grüeni Matte bis de Tag verwacht
und do un dört e Betzit-Glocke tönt.

Sie spröche mitenander deys un das,
sie mache öbbis mitenander us;
sin g'heimi Sache, niemes rotet, was.
Druf göhn sie wieder furt un richte's us.

Und stoht ke Stern am Himmel und ke Mon,
und wemme nümmi sieht, wo d' Nußbäum stöhn,
müen selli Marcher (Vermesser) us em Für an d' Fron
un müen de Engli zünde, wo sie göhn.

Und jedem hangt e Bederthalben a, (halbe Seite)
und wenn's em öd wird, leng er ebe dri
und bißt e Stückli Schwefelschnitte a
und trinkt e Schlückli Treber-Brenntewie.

Druf putz er d' Schnöre ame Tschäubli a;
Hui flackeret's in liechte Flamme uf,
und hui, goht's wieder d'Matte uf und ab
mit neue Chräfte, d'Matte ab und uf.

S isch chummliger (bequemer) so, wenn eim vor em Fueß
un vor de Auge d' Togge (Strohfackel) selber rennt,
as wemme sie mit Hände trage mueß
un öbbe gar no d' Finger dra verbrennt.

Die dritte Hiobsbotschaft betraf Annas Familie in Basel mit Franz Josef und den fünf Kindern. Anna träumte seit einiger Zeit schlecht. „Jetzt heißt's nomol gumpe", falls das Karussell wieder Fahrt aufnehme im Nationalismus. Was im Deutschen Reich der Steckrübenwinter genannt wurde, entsprach in der Schweiz die harte Rationierung von Brot und Fett. Die sozialen Probleme verschärften sich im Jahr 1917 besonders in den Städten. Im Monat November entluden sich die Spannungen auch in Basel durch heftige Unruhen, Streiks und Demonstrationen. Die Konfrontation zwischen dem Bürgerblock und der Bewegung der Arbeiter und Sozialisten führten dabei zu heftigem Nationalismus. Franz Josef Büche befürchtete, daß es „jetzt d' Schißgass abe goh't" und „döberte ume".

Die Fremdenpolizei kontrollierte die Basler Grenzlinien ins badische Wiesental und in den Sundgau im Elsaß. Die Nationalisten tönten „numme use mit dene Waggis und mit de Schwoobe" und zeigten auch auf Annas Familie.

Es kam Anna so vor, als ob sie nach den zwanzig guten Jahren in der Stadt Basel mit „e me truurige G'sicht vo de Rössleritie stiege mueß", die sie und ihre Kinder in „de noble Basler belle epoque bie ihre Familie Alioth" schweben ließ. Ihr Leben hatte sich dadurch verändert.

Sie sagte traurig zu ihren Kindern „keini Mässmogge un keini Maroni meh". Dann senkte der Schweizer Grenzer grinsend den Schlagbaum und rief ihnen nach: „Göhn't dört ane, wo ner de G'schützdonner au höre chönnet".

Damit meinte er die Westfront zwischen Verdun und der Schweizer Grenze. Die Gefechtsschauplätze im Elsaß und im nahen Sundgau. Den Donner in den Festungen Istein, Breisach und Belfort, wo die Kanonen und Haubitzen in der Garnison stationiert waren. Den Stellungskrieg am Hartmannsweiler Kopf und die Jagdflieger der Luftwaffe.

Richard ging es nach diesen Hiobsbotschaften schlecht. Sein altes Trauma von Armut, Hunger und Not hatte ihn wieder fest im Griff. In den Dörfern Großherrischwand und Schellenberg gab es zwölf Familien, deren Söhne in diesem Krieg gefallen oder vermißt waren. Gerade wie im 70ger Krieg seine Söhne bei Straßburg oder bei Dijon vermißt waren. Die Meldungen belasteten sein Gemüt.

Es fehlte ihm der Lehrer, der ihn stets ermuntert hatte, wenn er in das Loch der Bitterkeit fiel und dem Bräntz zusprach bis „sellem alte Süffel sürmlig g'worde isch". Dann träumte er „vo de Dischputatione mit'm Lehrer". Dieser hätte Richards Vorhaltungen noch drei weitere hinzugefügt: Der Kaiser Wilhelm habe im 1. Weltkrieg die Freiheit „gradso" verspielt, wie das Kloster St. Blasien die vom Grafen Hans verbriefte Freiheit im Hotzenwald. Der Adel und die Kirche hatten die revolutionäre Freiheit in Baden verhindert und 1848 mit Waffengewalt besiegt.

Pauline zog dem knorrigen Knurrhahn die Stiefel aus und steckte „d'Scheiche in Stroh Finke". Dann nahm sie seine speckige Pelzkappe vom Kopf. Er blickte schweigend zu den Alpen, bis der Mönch die Jungfrau umarmte und die Eigernordwand bröckelte. Die Bräntz-Fee küßte ihn tot.

Die Hotzenwälder Hoch-Zeit

Der Sommertag war schwül auf dem Hof. Die „Bräme"
kreisten um die Ochsen und stachen auch das Rindvieh.
Die „Schnooge" umschwärmten die nassen Matten am
Drillenbach. Pauline setzte ihren Strohhut auf den Kopf.
Sie zog das letzte „Öhmd" mit dem Rechen zusammen.
Die Grillen begannen zu zirpen und die Heuschrecken
hüpften von Halm zu Halm. Kein Lufthauch kühlte diesen
Tag. Es mußte am Abend noch zum Gewitter kommen.

Vorbeugend befeuchtete Pauline die alten Leintücher im
Bach, falls ein Blitz ins Heu schlage oder Funkenflug das
Strohdach gefährde. Es war seit Jahrzehnten bewährt,
nasse Leinentücher über die Strohdächer zu spannen.

Der Donner grollte bedrohlich im Wehratal, als Pauline
am späten Abend zwei nasse Tücher schulterte und die
Leiter am Strohdach anlegte. Die Holme drückten in das
Stroh und gaben der Leiter Halt. Als Pauline am Dachfirst
angekommen war, sah sie das bunte Alpenglühen über
den Alpengipfel. Das Licht über den viertausend Meter
hohen Bergen brannte wie das rote Feuer in der Hölle.
Die Eisgletscher unterbrachen das leuchtende Abendrot.

Pauline sah den hellen Kugelblitz nicht kommen, der sie
in einen Purpurmantel des Gnadenbilds Mariens hüllte.
Im hellen Licht des Trugbilds verlor sie ihr Bewußtsein.
Die isolierende Holzleiter und das trockene Strohdach
retteten ihr Leben, als sie auf dem Walm zu liegen kam.
Der halbe Hotzenwald spiegelte sich im hohen Himmel.

Das Bewußtsein gaukelte ihr eine Schiffschaukel vor. Der
Kaplan hob sie sanft in seinen Schiffschaukelkorb und sie
schaukelte mit dem Mönch in den Zenit des Himmels.
Der Schub in der Schaukel schob ihre Leiber und Seelen
mit hohen Fliehkräften nach oben. Immer höher empor.
Wie auf den Holmen einer Himmelsleiter in die Wolken.
Dann wieder nach unten wie auf einer Demutsrutsche.
Beide wie die Marionetten im himmlischen Mächtespiel.
Auf der Stirn des Kaplans züngelten die Pfingstflammen.

Pauline hörte den Engelchor und sah ihre Schutzengel.
Sie sah den Graben des Nichts unter sich. Die Grenze
zwischen Land und Fluß. Den Blutzoll schlimmer Kriege.
Der hügelige Hotzenwald spiegelte sich im Firmament,
die Schwarzwaldberge, der Totenbühl und die Vogesen.
Die Schaukel blieb im Spiegelbild der Welt zeitlos stehen.

Im Osten kämpfte gleißend helles Licht mit der tiefsten
Finsternis. Die Gegensätze zogen über alle Berge, alle
Täler, alle Flüsse und Meere. Der Dualismus des Guten
und Bösen befiel die Menschen mit dem eigenen Willen.
Am Berg Karmel sah sie den Propheten Elias am Altar die
Baalpropheten im prasselnden Brand Opfer verbrennen.
Der feurige Eliaswagen holte Pauline im Feuersturm ab.

Pauline sah die Kirchen, Kapellen und Kreuze wie Gottes
Sterne am Himmelszelt funkeln. Pfarrer Kaiser zeigte auf
das Gnadenbild der Jungfrau Maria und die Votivtafeln.
Pauline sah die Pfingstrosen auf dem Keller-Hof und den
Klatschmohn auf den Äckern und am Wegrand blühen.
Die Himmelsleitern prangten prächtig in ihrem Garten.

Dann erblickte sie Annas Kinder und Kindeskinder mit Leiterwagen und Rucksäcken in bedrohlichen Notlagen. Kartoffeln, Mehl und Speck hamstern. Der Pfarrer gab ihr später zu verstehen, daß die Versorgung hungernder Verwandtschaft ihr göttlich zugedachtes Heil bedeute. Die Caritas der göttlichen Liebe für Annas große Familie in Lörrach. Der Eros sei ihren Schwestern vorbehalten.

Die Schiffschaukel löste sich wieder aus dem zeitlosen Stillstand, und Pauline und der Kaplan herzten sich in der ausklingenden Schaukel. Sie hatte den Seelenfrieden für immer mit dem himmlischen Benediktiner geschlossen. Der Abendhimmel dunkelte in blauvioletten Farbtönen.

Die Nachbarfrauen eilten zu Hilfe und fragten „leb'sch no do obe Pauline"? Sie kam bald wieder zu sich und stieg erleichtert die Sprossen ihrer Himmelsleiter herab. Dann kniete sie demütig auf dem Boden, wo die Holme der Himmelsleiter die Erde berührten. Jetzt konnte sie wieder antworten. „D' Luft dört obe isch arg dünn un s' Licht blendet grusig hell. Un s' ruuscht dört ziemlich lut".

Die Nachbarinnen bezogen die Worte auf den Kugelblitz, der sie fast das Leben gekostet hätte. Pauline meinte mit der dünnen Luft die überirdischen Erscheinungen, die ihr im Firmament begegnet waren. Kein Sterbenswörtchen erzählte sie von ihrem Erlebnis in der Schiffschaukel; daß sie mit dem Kaplan durch den Himmel geschaukelt war. Sie sprach kein Wort darüber, daß er ihr das „Hohelied" Salomon der Bibel vorgelesen hat. Über die himmlische Hoch-Zeit wollte Pauline für immer „s' eige Muul halte".

Epilog

Was mir über Pauline und Steffane erzählt wurde

An meine erste Fahrt mit meinem Vater, seinen Brüdern und mit dem Großvater in den Hotzenwald erinnere ich mich gut. Ich ging in die erste Klasse. Sie erzählten viel über die Tante Pauline. Die Gespräche der erwachsenen Männer begannen oft mit „weisch no, wo mer dört … „. Sie lachten herzhaft und gerieten in eine gute Stimmung. „Lueget do ane, wenn d' Pauline das au no seh' chönnt"! Ich sah ein Schild mit der Schrift Kolonialwarenhandlung. Dann riefen sie aufgeregt: „Dört isch no sell Schöpfli, wo ihr Hof g'si isch. Das isch's Pauline-Schöpfli. Wie früher". Wir kehrten in ein Gasthaus ein. Der Wirt empfahl einen „Brotis un Herdöpfel" und musterte uns. Ich trank Bluna.

An den Familiengeburtstagen bei den Großeltern in der Lörracher Riesstraße beim Kaffee, Linzertorte, Gugelhopf oder Opas „Amelette" war das Thema über d'Pauline mit ihrem Keller-Hof im „chnorzige Wälder" unerschöpflich. Diese Geschichten waren auch für mich sehr spannend.

Uroma Anna schickte ihre Söhne und meine Oma Anni bereits 1919 in den Notzeiten zu ihrer Schwester Pauline in den Hotzenwald, um zu hamstern. „Packet e're paar Fläche Bier, Markgräfler Wießwie und e par Stückli Seifi in Rucksack. Dann git' sie euch Speck un d'Würscht mit". Sie fuhren mit der Bahn bis nach Wehr und stiegen zu Fuß das Josefswegli hoch bis auf das Hotzenwaldplateau.

Oma Anni verlor ihre Stelle 1922 bei der Lörracher Dedi-Bank. Der Einbruch der Wirtschaft und die neue Inflation forderten starken Tribut. Über 20 000 Kriegsheimkehrer warteten am Hochrhein nach dem verlorenen Krieg auf die Heimatrückkehr. Die Frontsoldaten verbreiteten die spanische Grippe im Dreiländereck. Nach Aufständen und den Septemberunruhen errichtete man 1923 in der Wallbrunnstraße in Lörrach mit Stacheldraht Barrikaden. In der entmilitarisierten Zone Lörrach gab es nur wenige Polizeikräfte. Opa Fritz war arbeitslos. Dann wurde er als Hilfspolizist in Lörrach eingestellt. Die Hamsterfahrten zu Tante Pauline mussten die Familiennahrung beischaffen.

Die anschaulichsten Erzählungen hörte ich von meinem Vater und seinen Brüdern über deren Erlebnisse in den Hungerjahren vor und nach dem zweiten Weltkrieg. Für Paulines hungrige Großneffen war der Hof ein vertrauter Platz zum Essen und Schaffen. „Wenn de nit brav bisch, biß i dir de Chopf ab", schüchterte Pauline aufmüpfige Kinder ein. „Am Dag het's Bett Ruh, in de Nacht de Stuhl und de Tisch". Sie beharrte auf geordneten Tagabläufen. Mit dem Aufruf „z'esse git's am Morge nach de Andacht" meinte sie, daß man zuerst betet, dann ißt und arbeitet. „Schaffe mueß me, verzelle cha me spöter" fiel Pauline schwer, da sie gern schwätzte. „Schleck de Löffel suuber. Schnied' d' Speck dünn. Ankebrot mit'm Zucker d'ruff. Mach's Muul zu. De Maage meint, daß es Nacht isch".

Paulines Auftragswallfahrten nach Todtmoos zum Ablaß fremder Sünden für „e Pfund Anke" beeindruckten mich. Aber mein kindliches Gewissen sträubte sich unbewußt.

In den Ferien fuhren die Vorfahren in den Hotzenwald.
Sie schlugen Brennholz und spalteten die Holzscheite.
Und bedienten die Futter-Rendle. Die Häckselmaschine
wurde elektrisch über eine Transmission angetrieben.
Das Heu vom Tenn holte man mit einem Aufzug herab.
Auch die Schrotmühle, die Bandsäge und die Kreissäge
bedienten die Buben gern. Nur nicht Jauche abführen.

Vor einem Gewitter spannten sie nasse Leinentücher auf
das Dach. Diese Vorkehrung sollte den Funkenflug im
Brandfall verhindern, erzählte mir Onkel Otto glaubhaft.
Nach dem zweiten Weltkrieg lebten mein Onkel Werner
und seine Cousine Rosemarie einige Monate bei Pauline.
Sie gingen dort einen Sommer in die Dorfschule. Pauline
versorgte Rosemarie, deren Vater im Krieg gefallen war.

Mein Vater und sein Bruder Otto zogen von Hand einige
Fuhren Kartoffeln und Rüben hinter sich nach Wehr und
transportierten sie mit dem Zug heim. Die großherzige
Pauline fütterte die Buben und die Mädchen, als ob sie
ihre eigenen Kinder und Enkel ernähren müßte. Daraus
entstand eine große Dankbarkeit in der ganzen Familie.

Paulines ausgewanderte Schwester Steffane starb im
Jahr 1933. Der Kontakt in den Hotzenwald endete nach
dem Tod ihres Seemanns, dessen Schiff im Jahr 1915
sank. Ein Handelsschiff; vermutlich war es die Lusitania.
Gute Dienstmädchen aus dem Hotzenwald waren beim
Großbürgertum in Säckingen verbreitet. Ich verdanke die
Vermutung über Steffanes Dienststellung in Säckingen

bei der Familie Hüssy Herrn Präsident Gmür aus Riehen, einem Jagdpächter in meinem Bad Säckinger Forstbezirk.

Meine Zuordnung Tante Steffanes zur Familie Hüssy hat folgenden Grund: Herr Gmür sagte, daß die sogenannte Frau Kapitän Eindruck bei seiner Familie Hüssy -Brunner hinterlassen habe. Das wisse er von seiner Tante Olga, die ihm die flapsige Antwort des frechen Buben Oskar im Matrosenanzug mit dem Panzerboot Panther erzählte. Oskar Hüssy wurde später Oberbürgermeister der Stadt Karlsruhe. Nach der Matura in Zürich und Jurastudium in Lausanne, Bern, München und Basel machte er ab 1923 eine NSDAP Parteikarriere. Über seine Eltern Rudolf und Fanny Hüssy-Brunner hat das private Vereins-Archiv der Herrengesellschaft Walfischia in Säckingen Bild und Text.

Die Geschichte des Doppel-Sofa Hüssy erzählte mir die Schopfheimer Architektenwitwe Brüderlin. Sie wollte mir das Sofa verkaufen, als ich in der Villa Hüssy wohnte. Dabei erzählte sie mir von den Gewohnheiten der Hüssy Brunners, das Sofa regulär zum Mittagsschlaf zu nutzen.

Man zollte Pauline großen Respekt, wie sie ihren Hof bewirtschaftet hatte. Die Anekdoten erzählten ebenso, daß sie raubeinig und robust war. Doch oft barmherzig. Wenn unsere Erzählungen auf das Thema Kirche kamen, schmunzelten alle. Der einzige Mann, den sie in ihrem Herzen trug, war dieser Kaplan. Ob es einen spirituelle Eingebung oder eine wahre Begebenheit war, wußte nur Pauline selbst. Meine Uroma Anna lächelte und erzählte augenzwinkernd „mir hen e g' wissi Zit lang e

junge Kaplan g'ha. Do het sie sich scho als jung Maidli s'
Parfüm wie's Weihwasser a'g'spritz und zu ihm g'seit:
Herr Kaplan, trinke si no e Tässli Bohnekaffee mit uns".

Pauline war Mitglied im Marianischen Liebesbund und in
der Jungfrauenkongregation, die in unserer Familie oft
belächelt wurden. Diese katholischen Gemeinschaften
sind in der Studienarbeit von Frau Böhringer 2004 über
Milieubildungen der Säckinger Kulturkampfzeit belegt.
Der Lehrer und der Kaplan waren typische Hitzköpfe in
der Kulturkampfzeit in Baden zwischen 1860 und 1888.
Der päpstlichen Ablehnung des liberalen Modernismus
in Politik, Wirtschaft und Wissenschaft *Syllabus errorum*
folgten in Baden 1871 das Schulaufsichtsichtsgesetz, die
Volksschulreformen für die beiden Konfessionen und die
Entziehung der Lehrbefugnis für Geistliche und Orden.
Das Kulturexamensgesetz und das Friedensgesetz 1888.
Der Kulturstreit fand ein Ende. Nur nicht im Hotzenwald.

Bei aller Kuriosität fiel in unserer Familie kein groteskes
Wort über die Tante Pauline. Alle wußten genau, daß sie
fromm war und den Anderen viel Gutes zukommen ließ.
Sie hatte ihren Hof nach dem Tod des Vaters Richard im
Jahr 1919 allein bewirtschaftet und hatte ihren innigen,
unumstößlichen Glauben. Dazu die spirituelle Herz Jesu
Verehrung, die im süddeutschen Raum in ihrer Zeit sehr
verbreitet war. Ein Bilderbuch der „Wälderfrömmigkeit".

Sie war im Dorf noch bekannt, als ich im Jahr 1984 den
Ratschreiber fragte, ob ihm Pauline früher begegnet sei.
Er antwortet mir spontan: Das war eine kauzige, äußerst

fromme Frau. Frau Marzella Matt aus Herrischried sagte mir, daß Pauline nach dem Vornamen ihres Vaters im Hotzenwald nur „s' Richarde Pauline" genannt wurde. Für die Erzählungen über meine Urgroßtanten Pauline und Steffane im Hotzenwälder Keller-Hof bin ich meiner Familie dankbar. Besonders meiner Uroma Anna, die ich vierzehn Jahre lang erleben durfte. Sie erzählte gern von ihren Schwestern im Hotzenwald. Aus ihrer Kindheit und davon, daß Pauline in der Not die Familie gern versorgte.

Ich danke meinem verstorbenen Vater, der viele Daten unserer Familie zusammengetragen hat. Er hat mir mit seinen Brüdern zusammen das kuriose Leben Paulines und das furiose Leben Steffanes so lebendig geschildert, als ob die Urgroßtanten mit uns am Familientisch säßen, wenn sie von Tante Pauline und der Steffane erzählten.

In meinem Beruf als Forstamtsleiter und im Ehrenamt als Naturschutzbeauftragter im Landkreis Waldshut in den Jahren 1989 bis 2019 wandelte ich vielfach auf den Wegen meiner Urgroßtante Pauline im Hotzenwald. Der Dienst führte mich an viele Orte auf den Bergeshöhen, die mir von Erzählungen meiner Familie bekannt waren. Dabei erinnerte ich mich an die Hotzenwald Anekdoten.

Wenn ich im Sommer eine Bäuerin im Strohhut auf den Wiesen beim Heuen sah, narrte mich der freche Kobold Maisenhardt-Joggele. Scheffels humoriger Geselle, eine Hotzenwälder Figur, die mir das Bild meiner Urgroßtante Pauline vorgaukelte. Wie sie äußerst fromm und fleißig die Lebenssprossen auf ihrer Himmelsleiter emporstieg.

Glossar Alemannisch „alemannische Wörter"

abe	herunter
ab'ghaue	weggelaufen
abekeit	herabgefallen (ins Tal)
abg'schleckt	abgeschleckt
a'gleit	angezogen
a'gsetzt	an den Mund gesetzt
A'deil	Anteilnahme
allei	allein
Amelette	Pfannkuchen
amlig	manchmal
Anke	Butter
Amatuure	Wasserhahn, Badbeschlag
A'schiß	Vorwurf
aschur	gut informiert, a jour
bache	backen
bägge	Unkraut hacken
battet	geschlagen, ausgiebig
Beeri, Beeri-Chratte	Beeren, Beerenkorb
Bertschicafi	Kaffee von Bertschi
Biechtschtuhl	Beichtstuhl
Biere-Geischt	Birnen-Geist
biß de Chopf ab	beiß den Kopf ab
blühn'dig	blühend
Bündte	Hausgarten im Feld
Buur, Buure	Bauer, Landwirtschaft
Buurechäs	Bauernkäse
Brägleti	Pfannen-Kartoffelgericht
Bräntz	Schnaps
Breggli	Kutsche
brühle	brüllen

Butzlumpe, butze	Putzlappen, putzen
Brötli	Gebäck
Bruune Mutz	Restaurant in Basel
B'schiß	Betrug
B'scheid	Nachricht
Cafikränzli	gemeinsam Kaffee trinken
Canape	Ottomane
Chauscht	Kachelofen
cha	können
Chabis	Krautkopf
Chäfer	Insekten
chasch	du kannst
Cheipe	Saukerle
Chinder	Kinder
chnorzig	knorrig
cho	kommen
chöme sie mit	mitkommen
fchlöpfe	krachen
chnuschprigi	knusprige
Chratte, Zaine	Schienkorb
Chloschter	Kloster
choche	kochen
Chopf	Kopf
Chüchli	Schmalzgebäck
Chuchi	Küche
Chue	Kuh, Kühe
Daag	Tag
Deufel	Teufel
Dengeli-Geischt	Sensen Gespenst
dischputiere	diskutieren
dorzlig	schwankend

draie	drehen
Düchli	Tüchlein
Dütsch	Deutsch
düppig	schwül
dunderet	gedonnert
dunke	eintauchen
Dusel	Schwips
Donna Nobile, -de Servizio	Dame, Putzfrau
Dotsch	Tollpatsch
Eros	Liebe, Begierde
erschtmol	vorrangig
faiße Hafe	fetter Topf
Fegge	Flügel
Fläsche	Flasche
Fridlini	Fridolinstag
gänt'ere	gebt ihr
gange	gegangen
geges	gegen das
g'fallt	gefällt
gezischt	getrunken
gischplig	ausgreifend, nervös
Geißle	Peitsche, geißlen
git	gibt
g'haue	geschlagen
glade	geladen
gliech, gliechlig	gleich, gleichartig
gluschtig, gluschte	lüstern
g'lese	gelesen
g'hoblet	gehobelt
Gnick	Genick
gnueg	genug

gradus, gradso	geradeaus, ebenso
günne	pflücken
Guttere	Flasche
Gumsle	verruchtes Weib
g'schnäderet	geschwätzt
Gopferdori	Fluch
g'sait	gesagt
g'schnört	geschwätzt
g'schtopfti	satte, reiche
G'schtältli	Miederwaren
G'wehr	Gewehre
Helge-Bildli	Heiligenbilder
Herdöpfel	Kartoffeln
hesch's	hast du
Herrgott Marquard	Benediktiner Pater
Höchi	Höhe
Hotzenblitz	seltsame Gewitterbrände
Hotzenwald	Region Südschwarzwald
hüt	heute
Hürscht	Gebüsch
hürote	heiraten
Hurt	Lagergestell
Huusere	Haushälterin
ie'chaufe	einkaufen
Ifer	obere Einfahrt ins Tenn
Jäschte	Probleme
jeggis nei	Ausruf, Überraschung
Kehrhoge	Waldarbeitswerkzeug
Kesselifleisch	Fleisch aus der Brühe
Krempe	Waldarbeitswerkzeug
Krempel	Sammelsurium

Laferi	Quatschkopf
längt, länge	reicht aus
letschte	letzte
Liebli	Unterhemd
Liecht	Beerdigung
luege	schauen
lüpfe	anheben
Lüt	Leute
Lumpediddi	leichte Mädchen
luuter	lauter
lose	lauschen
Maa	Mann
Maage	Magen
Maidli	Mädchen, Magd
maihje	mähen
mengisch	zuweilen
mengmol, mengs	manchmal, manches
Messwie	Messwein
metzge	schlachten
muen	müssen
Muckefuck	Kaffee-Ersatz, Zichorie
Mummeli	Kalb
muesch	mußt du
muem'er	müssen wir
müslistill	absolute Stille
Muul	Maul, Mund
Mogge	Stücke
Nägeli	Nelken
neume ane	irgendwo hin
Nescht	Bett
Nied	Neid

nimm'sch	nimmst du
niene	nirgendwo
no	noch
noch'em	nach ihm
Nochberwieber	Nachbarfrauen
nümmi	nicht mehr
numme no	nur noch
öbbis	etwas
obe	oben
Obsigent und Nidsigent	Mondphasen auf-ab
Öchsli	junge Ochsen
oberschti	oberste
öhmde	zweiter Grasschnitt
Öpfelbaum	Apfelbaum
Öpfelbrand	Apfel-Brand
Ooschen-Leiner	ocean liner
Palascht	Palast
Parapluie	Regenschirm
Pflümli	Pflaumenschnaps
plausche	unterhalten
Plunder	Kleider
ramisiert	geklaut
Ranke Brot	Brotrinde, Knäuschen
Rendle	Drehmechanik für Futter
ridde	reiten
Ridikül	Ledertasche
Rössleritie	Karussell
Rucke	Rücken
saije	säen
Salpeterer	Aufrührer im Hotzenwald
Säuli	Schweinchen

Säutod	Hausmetzger
Sauerei	Schweinewirtschaft
Saugatter	Schweinekoben
Sau-Grumbiere	Kartoffelfutter für Tiere
Sappie	Waldarbeithaken
Schaub	Bündel Stroh
scharf Züg	pikante Gewürze
schieche Siech	verrückter Kerl
schmalzbacheni	schmalzgebackene
Schlempekrut	Kraut
Schlurbi	Gammler
schnädere	schwätzen
Schnitz und Schnöök	Anekdoten
schpienzle	vorzeigen
Schpötlig	Herbst
Schprutz	Spritzer
Schteifuader	Steinhalter am Gürtel
Schöpfli	Schuppen
Schternli	Sternchen
schtiege	steigen
Schtriechi	Wagenbremse
Schtrupfer	Bürstenbesen
schpöter	später
schüche	scheuchen
Schtubete	Fest mit Gesang
schwaudere	ratschen, erzählen
Schwienig's	Schweinefleisch
sellem	jenem
Seibeiuns	göttlicher Beistand
Seich	Unsinn
Seifiwasser	Seifenwasser

Siech	Saukerl
Site	Seite
Some	Samen
Stellfalle	Brett zur Wuhreinstellung
Strickete	Strickarbeit
Süffel	Saufkopf
suuber	sauber
suffe	saufen
Sürmel, sürmelig	Wirrkopf, verwirrt
Sunndig	Sonntag
Sunne	Sonne
Surkrut	Sauerkraut
Surkrut-Hobel	Krauthobel
Surkrut-Schtändeli	Steinguttopf für Kraut
suscht, sunscht	sonst
Tenn	Heuboden
Trämli	Straßenbahn
Tschäpel	kugeliger Kopfschmuck
Tschobe	Jacke
Tubakspfifli	Tabakspfeifen
Tuchputzmaidli	Textilarbeiterinnen
tutzwit	sofort
d'unte	dort unten
uf'enander	aufeinander
uf'gleit	gestimmt
umkracht	umgestürzt
uf'ruume	aufräumen
Unchrut, Unkrut	Unkraut
use	raus
usmischte	ausmisten
Vadder, Vädder	Vater, Väter

verheit	vereitelt
verzelle	erzählen
verzürne	verärgern
wägerli	eventuell
wäsche	waschen
weisch	kapiere
Welle, Wellen	Reisig
Wetze	schärfen
Wii, Wißwii	Wein, Weißwein
Wieber	Frauen
wieter	weiter
wirsch	du wirst
Wuhr, Wuhre	Bewässerungssystem
Zaschter	Geld
Zichorie Extrakt	Wegwarte Wurzel
Ziebelewaie	Zwiebelkuchen
Zit	Zeit
Zwuggeli	kleine Kinder

Glossar Kirchenlatein

absolve domine	Herr vergib
agnus dei	Lamm Gottes
benedicere, Benedictus	loben, Lob
credo	ich glaube
caritas	göttliche Liebe
confiteor	ich vertraue
indulgentia	Ablaß, Sündennachlaß
ultramontan	vom Vatikan bestimmt
Cherubine, Seraphime	Engel
opus dei	Werk Gottes

Dank

Besonders danke ich Herrn Dr. Hermann Bolz und Herrn Forstdirektor a.D. Manfred Maier. Die Recherchen über Familie Hüssy im Aargau und zu den „Tubak" Herkünften verdanke ich Frau Martina und Herrn Heinrich Villiger.

Vom Autor bisher erschienen:

In der Reihe Alemannisches Intermezzo

Die Hotzenwälder Anna

Mehlin erzählt von seiner Uroma Anna von 1890 bis 1918 als gescheites Schulmädchen im großherzoglichen badischen Hotzenwald, als Magd auf dem Mettlenhof und als Mamsell in der Großstadt Basel. Das Mühlespiel hat ihr der Dorflehrer schon im Hotzenwald beigebracht. Sie wendet die Spielzüge auf ihr Leben an, das sie als Dienstmädchen in einer großbürgerlichen Familie in Basel lernen kann. Mit alemannischen Einschüben als Mundart-Dialoge in der Standardsprache erzeugt der Autor ein authentisches, alemannisches Sprachgefühl. Im ersten Weltkrieg wird Anna mit ihrer Familie aus der Schweiz ausgewiesen. Ihr Leben besteht wieder aus Armut und Hunger. Sie stellt ihr Mühlespiel im Leben neu auf. Der Krieg und Not hatten sie erneut im Griff.

ISBN: 978-3-7534-6131-1   2021   4,99 Euro
Auch als E-Book erhältlich.

© 2021, Hans Mehlin
Herstellung und Verlag:
BoD – Books on Demand, Norderstedt
ISBN: 9783755713890

Lightning Source UK Ltd.
Milton Keynes UK
UKHW020249080223
416610UK00016B/2258

9 783755 713890